El premio

MARIO ESCOBAR

A los que saben que el pasado es el gran maestro del
presente.

A los soñadores que jamás perderán sus ideales.

CONTENIDO

A los miles de lectores que al abrir un libro se pierden en
sus páginas y se olvidan por un momento de todo lo que
les rodea.

1ª PARTE: FRANCO

1. IDEALISMO

Gijón, octubre de 1955

–No hay nada más hermoso que un paisaje que no ha sido completamente dominado por el hombre. En el corazón de Asturias, donde la naturaleza había mimado durante miles de años los minerales que debían dirigir el destino de los hombres, se encontraba el infierno donde cada día los mineros se sumergían en sus entrañas para arrebatárselos. En los altos hornos se fundían esos metales hasta transformarlos en el esqueleto sobre el que construir el futuro. Los astilleros lanzaban nuevos navíos al océano, como había sucedido durante siglos, para que los hombres de mar lucharan contra las fuerzas de la naturaleza y poder así quedarse con sus riquezas. Por eso se creó la Universidad Laboral de Gijón, para que los hijos de los obreros tengan un lugar en el que formarse para construir una España unida, grande y libre.

El vozarrón de José Antonio Girón de Velasco, ministro de trabajo y falangista de pro, resonó en el auditorio como un estruendo y la entregada sala comenzó a aplaudir sus recargadas y vacías palabras. La construcción se había demorado diez años y había sido uno de los proyectos más ambiciosos del ministro y de los primeros gobiernos de Franco. La Universidad Laboral de Gijón era un entramado de edificios que se asemejaba más a un monasterio que a un campus universitario. El ministro había concedido su gestión a los jesuitas, y el edificio, que había comenzado como un orfanato para los hijos de los mineros, se convirtió en una escuela para formar a la clase obrera del país.

Carlos Pinilla Turiño, que había sido antiguo subsecretario del Ministerio de Trabajo y ahora procurador en Cortes, se acercó al ministro en cuanto bajó de la tarima y, tras hacer el saludo fascista, le dio un abrazo.

—El sueño que tuvimos en 1940 ahora se ve por fin concluido.

El ministro puso una media sonrisa, Pinilla era un viejo camarada, un verdadero "camisa vieja", aunque siempre se consideró superior al ministro, por haber luchado en la 10º Bandera de Falange, mientras Girón permaneció en la retaguardia.

—Gracias a Dios y a Franco —contestó el ministro y al momento se les unió la cohorte de aduladores y arribistas, el obispo de la ciudad y una legión de cuervos jesuitas, con sus sotanas negras.

Luis Moya Blanco, el arquitecto principal, se paró enfrente del ministro y ambos se dieron un caluroso abrazo. Moya era íntimo amigo de Franco y le había propuesto construir una pirámide para enterrarlo tras su muerte.

—Maestro, su obra es increíble, monumental, como la de los antiguos arquitectos de nuestro imperio.

Moya sonrió y después se dirigió con el resto a los comedores donde se había preparado un banquete. Al principio se había pensado compartirlo con los estudiantes, pero los falangistas, que tanto hablaban del fin de la lucha de clases y el apoyo a la clase obrera, no eran muy amigos de mezclarse con la chusma.

Tras sentarse en la mesa presidencial Pinilla y Moya comenzaron a hablar al ministro de forma más privada.

—Se dice que el Generalísimo va a provocar una crisis de gobierno, que los monárquicos no están de acuerdo con nuestras reformas. A ellos les importa un bledo que los obreros vuelvan a organizarse y caer en manos del comunismo. Por eso no apoyan mis proyectos de Seguridad Social, jubilación, asistencia por accidente laboral y política de vivienda –comentó Pinilla.

–Ese cabrón de Arburúa se cree que esto es los Estados Unidos y no quiere regular el mercado. Aquí lo único que ha funcionado siempre es que el estado controle todo –dijo el ministro.

El arquitecto afirmó con la cabeza y comenzaron a degustar los primeros platos regionales. Estaban todos concentrados en los cachopos y la fabada cuando un guardia civil entró en el salón y corrió hasta el ministro. La sala se quedó en silencio y Girón frunció el ceño.

–Señor ministro…

–¿Qué sucede? ¡Demonios, habla!

–Hemos encontrado detrás de una pared que se ha derrumbado varios cuerpos.

–¡Por los clavos de Cristo! Que nadie se acerque, acordonen la zona –dijo el ministro, mientras resoplaba y pedía a todos que continuaran con la comida, aunque en su mente no podía dejar de darle vueltas a lo sucedido, sus numerosos enemigos estaban en contra de aquel proyecto tan caro. Ahora aquel contratiempo le ponía de nuevo en la cuerda floja. Muchos querían destruirlo antes de que sus políticas comenzaran a dar su fruto.

2. PREMIADA

El hotel Reconquista era uno de los establecimientos con más solera de Oviedo, aunque su fama internacional llegó tras la celebración del Premio Cervantes en 1981, cuando algunas de las mentes más brillantes y los artistas más famosos del planeta habían pernoctado en sus habitaciones. El hotel atesoraba una larga tradición. Construido a mediados del siglo XVIII como hospital y hospicio de huérfanos, poco a poco cayó en una larga decadencia hasta que en 1942 la Diputación de Provincial de Oviedo lo reformó y en los años setenta se convirtió en el hotel Reconquista.

Clarise Masuno se metió en la bañera. El viaje desde Los Ángeles había sido muy largo y agotador, y aunque habían llegado dos días antes aún sentía el *jet lag*. Cerró los ojos e intentó relajarse un poco; como científica estaba acostumbrada a los simposios y congresos, pero no a las entrevistas y a las cenas de gala. Sin abrir los ojos tanteó el taburete al lado de la bañera y tomó la copa. No era su costumbre tomar alcohol a aquellas horas de la mañana, pero tampoco que le concediesen un premio de prestigio internacional como el premio Princesa de Asturias de Investigación Científica y Técnica. Un premio que habían recibido científicos de renombre como Francis Collins, Jane Goodall o vacunólogos como Katalin Karikó. Después de dos frenéticos años para encontrar una vacuna efectiva contra la pandemia y sus innumerables mutaciones, parecía que todo aquel estrés y esfuerzo había merecido la pena.

Escuchó que alguien llamaba a la puerta, se giró y, en aquel momento, apareció Rex con un albornoz del hotel y jugueteaba con el cinturón. Clarise se puso a reír, no había visto a su marido tan animado en los últimos veinte años.

—¡Déjame hueco! —exclamó el hombre quitándose la ropa y corriendo hacia la bañera llena de espuma.

En ese momento la vista de la mujer se nubló, como si hubiera visto algo pasar delante de sus ojos. A los pocos minutos sintió cómo cientos de pequeños seres se movían por debajo de su piel, desde los brazos hasta las piernas, atravesando todo su cuerpo.

—¡Dios mío! —gritó mientras intentaba sacudirse esas cosas.

—¿Qué te pasa?

La mujer se levantó y corrió desnuda por el baño.

—¡Sácamelos, por favor, quítame esto!

Rex intentó calmarla, observó sus antebrazos pero no vio nada extraño.

—No tienes nada.

La mujer se quedó mirando unos segundos sus brazos, vio a varios gusanos que atravesaban su piel y comenzaba a sangrar por las heridas recién hechas. Salió del cuarto de baño corriendo y se dirigió hasta la puerta, después corrió por el pasillo y se lanzó por la barandilla; su cabeza se estrelló contra el suelo de la planta baja. Justo al lado, junto a unos sillones, un grupo de turistas japoneses estaban mirando fotos en las pantallitas de sus cámaras.

3. PATRONATO

El último trabajo la había dejado exhausta. Se había prometido apartarse de la vida pública, dejar la agencia e intentar aprobar unas oposiciones a la policía, incluso al CNI, pero cada día sucedía lo mismo. Se levantaba tarde, se pasaba varias horas leyendo en Kindle; después navegaba por las redes sociales mirando los comentarios que ponían sobre ella y, a eso del mediodía, bajaba a la residencia para ver a la abuela; comían juntas, la única ingesta que hacía en el día, ya que llevaba semanas con el maldito ayuno intermitente y, tras jugar con Librada a las damas, regresaba a su apartamento, volvía a leer novelas de suspense y se quedaba dormida con el teléfono en la mano.

Aquella mañana estaba precisamente dormida en el sofá cuando escuchó el timbre del aparatito.

–¡Mierda, qué susto!

Miró la pantallita y vio el número, se trataba de Teresa Sanz Vega, la presidenta de la Fundación Princesa de Asturias. Se habían conocido en la edición anterior, cuando había recibido una invitación inesperada. Su madre se había muerto de envidia, pero únicamente podía llevar un acompañante. Al principio se lo ofreció a su abuela, pero esta, como siempre, comentó que lo último que quería en la vida era conocer a un Borbón. El actual rey parecía menos golfo que su padre, pero, al tiempo, los Borbones siempre acababan enredados en faldas o billetes.

–Hola.

—¿Priscila? Soy Teresa Sanz Vega.

—Hola Teresa.

—¿Te pillo en mal momento?

Priscila se incorporó, miró el sillón que tenía un cerco con la baba que se le había caído al dormir tan profundamente e intentó despejarse un poco.

—No, dime.

—Necesito tu ayuda.

—No estoy…

—Ya lo sé, pero ha pasado algo muy grave, aún no se han enterado los medios, pero cuando alguien filtre lo sucedido, saldremos en los noticiarios de todo el mundo.

—Pero eso es bueno. ¿No?

—En este caso no lo es, una de las galardonadas se ha arrojado por la baranda que da al gran patio central y se ha matado.

—¿Suicidio?

—No lo sabemos, el marido está en shock y le está atendiendo la doctora del hotel. Ven, por favor, te pagaremos lo que nos pidas.

Priscila se quitó el flequillo rubio de la cara. Frunció los labios y dijo las palabras mágicas.

—Está bien, déjame un rato y voy para allá.

—Muchas gracias, Priscila, no sabes cuánto te lo agradezco.

Colgó el teléfono y miró los mensajes, tenía un audio de su abuela Librada:

"Cariño, perdona que te mande un 'bicho' de estos, si quieres pon el 'acelerador' ese, ya sabes que yo me enrollo mucho. He conocido a Úrsula, una nueva compañera que al parecer fue secretaria durante mucho tiempo en la Universidad Laboral de Gijón y me ha contado unas cosas muy curiosas. Llámame o pásate luego. Un beso".

—¿Qué le sucede a todo el mundo hoy? —dijo en voz alta mientras tiraba el teléfono al sofá.

Corrió hacia el baño, se recogió el pelo, no le daba tiempo de lavarlo y se maquilló, intentando disimular las ojeras. Después se dirigió al armario, no sabía qué ponerse, el caso parecía demasiado importante para ir de cualquier manera, además los de la prensa no tardarían en llegar.

Bajó las escaleras a toda prisa y cuando llegó hasta su pequeño Toyota se dio cuenta de que se le habían olvidado las llaves. Decidió llamar a un Uber, el coche negro tardó un minuto en llegar. El conductor era un hombre marroquí de larga barba blanca y gafas.

—Al hotel Reconquista. ¿Verdad?

—Sí —contestó la mujer sin levantar los ojos del teléfono, que en los últimos tiempos se había convertido en su verdadera obsesión. Indagó en internet el nombre de los premiados de aquel año, se preguntó quién sería, al menos sabía que se trataba de una mujer. Tras revisar todas las caras y las diferentes áreas concluyó que era Clarise Masuno, la viróloga que había descubierto una de las vacunas más importantes.

El coche llegó a la puerta del hotel a los pocos minutos. La prensa ya se agolpaba en la puerta y la policía municipal intentaba contenerla. Priscila se acercó y uno de los agentes la detuvo.

—¿Es huésped del Reconquista?

—No, pero me ha llamado la presidenta del Patronato.

El policía miró a su compañero y apartó el brazo.

—¡Priscila, la famosa investigadora! —gritó una joven periodista. Era la redactora de un periódico digital asturiano bastante sensacionalista que había sacado a la luz su relación con el arzobispo de Oviedo, Juan Bueno, justo en el momento en el que ella había cortado la relación. Pero de alguna manera la periodista había conseguido unas fotos que se habían hecho virales. Ahora toda España y parte del extranjero conocían su culo gordo, sus pechos y hasta el último lunar de su cuerpo.

La joven se dio la vuelta y miró con desprecio a la periodista.

—Patricia Conde eres un buitre carroñero.

—¿Me insulta por hacer mi trabajo?

–¿Trabajo? ¿Hacer fotos íntimas a personas y publicarlas?

La joven pelirroja de mirada gélida sonrió.

–¿Es peor hacer fotos del arzobispo follándose a la celebridad del momento o follárselo?

Priscila se giró sin contestar y entró en el hotel. Caminó resuelta hasta el inmenso salón cuadrado que servía de distribuidor a los pasillos de las habitaciones, pero antes de que lograra atravesar el cordón policial la detuvo un agente de la policía nacional.

–No puede entrar.

Teresa la vio desde lejos y fue a socorrerla.

–Déjela entrar.

–No puedo, señora.

Un hombre alto de unos cuarenta años, de pelo moreno y ojos verdes, se acercó hasta ellas. Levantó la cinta amarilla e hizo un gesto al policía.

–Gracias Guillermo –comentó la presidenta del Patronato.

El hombre sonrió y Priscila se lo quedó mirando.

–Guillermo Bocanegra, agente del CNI.

–¿Ya han enviado al CNI? Sí que se han dado prisa.

El hombre parecía divertirse con las ocurrencias de la joven.

–Realmente ya estaba aquí, siempre tenemos un equipo en este tipo de actos. En cuanto mi jefe se ha enterado de lo sucedido me ha asignado el caso. Lo que no entiendo muy bien es lo que la presidenta del Patronato espera de usted.

–Priscila es una investigadora muy capaz, ha destapado los últimos casos más sonados de corrupción y resuelto numerosos asesinatos.

–Una detective de provincias –dijo Guillermo.

–¿Si quiere me voy?

–No, por favor, creo que todos podemos colaborar. Ahora lo más importante es que se aclare lo sucedido.

Los tres se acercaron al cuerpo de la mujer. Rondaba los cincuenta años, era de piel muy blanca, casi transparente, el pelo rizado y rojizo parecía confundirse con la sangre que manchaba la alfombra y calaba en el suelo.

—Es un suicidio —dijo el agente del CNI.

Priscila miró hacia la barandilla, apenas había cuatro o cinco metros de altura. Después observó al agente, sabía que quería quitársela de en medio y fue precisamente aquello lo que le animó a seguir en el caso.

4. UNIVERSIDAD LABORAL

Cuando el agente de la Brigada Político Social llegó al hotel, en el que se alojaba José Antonio Girón de Velasco, pidió en la recepción que lo avisaran. Después se sentó en un gran butacón y se encendió un cigarro. Había pasado toda la mañana conduciendo; su jefe le había enviado a primera hora. Por alguna razón el hotel le recordó al hotel donde estuvo alojado en Nueva York durante las clases que el FBI le había dado a él y a otro grupo de compañeros.

El ministro llegó con sus escoltas y esperó a que el agente se cuadrase y le saludara, pero no hizo amago. Simplemente se puso en pie y le tendió la mano.

—Ignacio Etxebarría, agente de la BPS.

El ministro frunció el ceño y terminó sentándose.

—Podemos prescindir de sus perros guardianes, yo me encargo de protegerlo.

El ministro hizo un gesto y los dos hombres se alejaron. Ignacio miró al ministro, uno de los falangistas amaestrados por Franco, e intentó disimular su profundo desprecio. Él había conocido a José Antonio Primo de Rivera y era consciente hasta qué punto el mismo José Antonio abominaría de lo que se había convertido su proyecto político.

—Acabo de llegar, pero me han puesto en antecedentes. Por lo que sé había unos hombres emparedados en el edificio.

—No creo que pueda ayudarlo, no sé nada de la construcción. Hable con el arquitecto o con los de la diputación.

—No se preocupe, lo haré. Pero me parece mucha casualidad que la pared se caiga justo el día en el que el ministro está en el edificio.

—La casualidad existe.

El agente torció su bigote fino y sacó una libreta y un lápiz.

—Eso dicen, pero no lo crea. Voltaire decía que lo que llamamos casualidad no es ni puede ser sino la causa ignorada de un efecto desconocido.

El ministro frunció el ceño, sus cejas negras y pobladas casi llegaron a juntarse.

—Creía que habíamos acabado con todos los malditos intelectuales y, vaya por Dios, hay uno en la brigada político social. Manda huevos.

El agente sonrió y mirando directamente la cara del ministro le preguntó:

—¿Tiene enemigos en el gobierno?

Girón sacó un puro y lo encendió muy despacio, después le dio unas caladas y le arrojó el humo a la cara.

—Soy amigo de su jefe don Blas Pérez González y don Paul Winzer, con el que tengo negocios en la Costa del Sol.

—El alemán —contestó el agente.

—Sí, el alemán. Ambos pueden encerrarlo en un calabozo y tirar la llave.

Ignacio no pareció reaccionar.

—Lo único que estoy intentando es esclarecer los hechos, señor ministro.

—Pues los hechos son muy simples. Esos muertos no son míos, busque quién los emparedó allí y por qué, después detenga a los culpables y cierre la puta boca. ¿Le queda claro?

El agente guardó el cuaderno y se puso en pie. Saludó al ministro y se dirigió hacia la calle. Hacía mucho tiempo que no viajaba a Asturias, quería comer un buen cachopo y unas fabes. Se dirigió a uno de los restaurantes más famosos de la ciudad. La sidrería se encontraba cerca del puerto y la regentaba una señora llamada Carmen.

—¿Tiene hambre, caballero?

—No he desayunado, no le digo más.

La mujer colocó en la mesa una cazuela de fabes y una jarra de vino.

—Pues coma todas las que quiera.

El aroma de las fabes le hizo la boca agua, comenzó a comer con ansia y la mujer se pasó al rato con un gigantesco cachopo.

—¡Maravilloso! —dijo el hombre al ver el filete.

La mujer sonrió, estaba entrada en carnes y superaba los cuarenta, pero era muy atractiva.

—¿Ha escuchado lo que ha pasado en la Universidad Laboral?

—Es la comidilla de toda la ciudad. ¿Por qué le interesa ese asunto? ¿No será policía?

—Válgame el cielo, no señora…

—Llámame Carmen —dijo la mujer después de sentarse frente al agente. No había más clientes y aprovechó para entablar conversación.

—¿Eran conocidos de aquí?

—Se rumorean muchas cosas: que si eran mineros rojos, que falangistas camisas viejas, hasta he escuchado que nazis.

—Interesante —comentó mientras saboreaba la carne empanada—. No probaba algo tan delicioso desde hacía mucho tiempo.

—Después de comer todo eso tendrá ganas de dormir, alquilo habitaciones arriba —dijo Carmen.

El agente miró los pechos firmes de la dueña, respiró hondo y pensó que la investigación podía esperar hasta el día siguiente. En la España de Franco nada corría demasiada prisa y mucho menos sacar trapos sucios. Al final todo aquello quedaría en agua de borrajas y él no sería el que diera la cara por unos pocos desgraciados que se habían dejado emparedar de aquella manera.

5. LA FORENSE

El cadáver todavía no estaba rígido, pero no había demasiado que examinar. No tenía lesiones visibles, tampoco parecía que estuviera escapando de ninguna amenaza y por el momento no se podía interrogar al esposo. La forense, Margarita Robles, una mujer a punto de jubilarse, llevaba poco en la plaza de Oviedo, al parecer antes había trabajado en el Anatómico Forense de Madrid y ahora que su jubilación se acercaba había pedido el traslado a Asturias, su tierra natal y un lugar mucho más tranquilo.

Llegó poco después que Priscila, saludó a todos brevemente y miró el cadáver.

—Parece suicidio, pero la examinaré a fondo. Es una de las premiadas e imagino que tanto su gobierno como el nuestro querrá certezas —dijo mientras se incorporaba con dificultad.

—Margarita Robles esta es…

—Sé quién es, he leído lo que se cuenta de sus casos. Encantada.

Priscila le intentó dar la mano, pero no hizo amago de responder con el mismo saludo.

—Se lo digo porque irá después a la morgue para que le informe del resultado de la autopsia.

—¿La quieren para hoy?

—Esta noche es la cena de gala e imagino que el presidente Ramírez querrá saber algo más concreto.

–Ramírez –dijo la forense con cierto desprecio–, el superviviente de la Moncloa. Ese tipo flotaría en medio de un tsunami, esto tampoco terminará con su carrera política.

El agente del CNI se acercó unos pasos al cadáver.

–¿Ha visto los arañazos que se propinó?

–Seguramente estaba nerviosa, pero son superficiales y autoinfringidos. Pediré a Estados Unidos su historial médico y psiquiátrico –comentó la forense.

Margarita hizo un gesto de despedida y desapareció tan rápidamente como había llegado.

–Un personaje curioso –comentó la presidenta del Patronato.

–No estoy segura de que le dé tiempo a realizar la autopsia –bromeó Priscila.

–¿Por qué lo dice? –preguntó Teresa.

–Parece enferma, con esa piel gris, los ojos amarillentos, el pelo estropajoso y la extrema delgadez.

El agente del CNI puso una mueca irónica y les dijo:

–Tengo que irme, las veré luego.

–Yo también –comentó la investigadora.

Priscila llamó a un Uber y se dirigió a la puerta lateral, no quería enfrentarse de nuevo a los periodistas. El coche no tardó en aparecer, a pesar de que la ciudad estaba llena en la víspera de la entrega de los premios. Todos querían ser visto en los Princesa de Asturias.

El coche paró enfrente de la puerta y la joven salió rápidamente, miró a los periodistas a poco más de diez metros y se introdujo dentro.

–¿Usted otra vez? –preguntó el conductor.

La mujer le miró extrañada.

–¿Perdón?

–La traje hace una hora, ya me parecía que me sonaba su cara. Soy Mohamed, esta es mi tarjeta por si necesita que acuda rápido.

Priscila pensó que no era nada bueno que una investigadora fuera tan conocida, aunque su especialidad no era pasar desapercibida si no deducir cosas.

Media hora más tarde Mohamed la dejó en la puerta de la residencia. Era casi la hora de comer y la mayoría de los ancianos se encontraban en el comedor, pero Librada ya había almorzado, odiaba escuchar el sonido de las dentaduras postizas masticando coles de Bruselas, además prefería comer algo de fruta y dulces antes que el menú de colegio de monjas que daban allí.

—¡Joder, nieta! Llevo esperando todo el día.

—Lo siento, me ha surgido un caso —se disculpó Priscila mientras dejaba el bolso.

—Ya imagino cuál es. Todo el mundo habla de lo que le ha sucedido a la premiada. ¿Cómo se llamaba? ¿Clarise Masuno?

—Sabes perfectamente cómo se llamaba —contestó la nieta y le dio dos besos.

Librada sacó una tableta de chocolate y se la mostró a su nieta.

—Estoy con el ayuno intermitente.

—¿Qué mierda es esa? Estás perfecta, si yo hubiera tenido tu figura me hubiera ligado al papa Juan Pablo II.

Priscila puso los ojos en blanco.

—No me hace gracia, no quiero pensar en qué situación ha quedado Juan.

—Ese príncipe de la iglesia debería haber tenido su pito a buen recaudo.

Priscila se sentó junto a la anciana y tomó un poco de chocolate.

—De todas formas, todavía no he comido hoy —dijo para convencerse.

Librada cogió la Tablet y se la mostró a la joven.

—He hecho los deberes. Clarise Masuno. Nacida en Bulgaria pero emigró con sus padres a California siendo niña. Bioquímica y especialista viróloga. Una de las creadoras de ARN mensajero. Tenía cuarenta y nueve años, aunque se conservaba muy bien, seguro que era de esas que corrían todas las mañanas, aunque a la pobre le ha valido de poco. Su padre era carnicero, venían de una familia humilde. La primera universidad que le dio una oportunidad fue la San Diego. Al parece descubrió un remedio contra VIH. Su vida parece anodina y normal, como la de todos los científicos.

—¿Cuándo has investigado todo esto?

—Mientras tú estabas socializando.

—Increíble.

—Su esposo es un dentista de Los Ángeles, el dentista de las estrellas. Al parecer él puso de moda esa sonrisa artificial de calavera. No le han puesto ni una triste multa en toda la vida. Tienen dos hijos que estudian en la universidad y un perro.

Priscila le pidió que le enviara la información a su correo.

—¿Piensas que la han matado?

—Una mujer como esta no corre desnuda por un pasillo del hotel si no siente que la persigue algo o alguien.

—Pero estaba con su marido, el pobre está todavía en shock.

La joven se encogió de hombros.

—Bueno, yo también tenía algo que contarte.

Priscila la miró algo fastidiada, su abuela siempre lograba enredarla en casos del pasado que ponían a las dos en peligro.

—No me digas que has descubierto otro caso turbio en el Principado, antes de que comenzáramos con todo esto la gente creía que en Asturias solo podías morirte de empacho.

—La niebla también mata gente —bromeó la abuela.

—Sobre todo la mental.

—¿Te cuento o no, niña?

—¿Serviría de algo que te dijera que no?

La abuela negó con la cabeza.

—¿Sabes lo que es la Universidad Laboral de Gijón?

—¿Un edificio gigante que hizo Franco y que no saben qué hacer con él?

La anciana le mostró una imagen en la Tablet.

–En el fondo es un acto de contrición. Los falangistas mataron a tantos mineros que no sabían qué hacer con los pobre huérfanos.

Priscila miró a su abuela.

–Los mineros mataron a unos cuantos.

–No digas sandeces, te pareces a tu padrastro, ese animal de extrema derecha. Los mineros perdieron más de mil camaradas, por no hablar de los dos mil heridos. Entre policías y soldados apenas murieron trecientos y unos pocos curas.

–En el instituto me dijeron que más de treinta.

–¿No ves? Muy pocos, en aquella época salían hasta de debajo de las piedras.

–Qué burra eres abuela.

–A lo que voy, los del régimen querían calmar las aguas, temían que poco después de la guerra los rojos se rearmaran y formaran la de Dios es Cristo. A un falangista se le ocurrió la idea de hacer un orfanato y ya puestos a construir y a especular, al ministro de Trabajo, José Antonio Girón de Velasco, se le ocurrió hacer una universidad laboral. ¡Válgame el cielo!, en el fondo era un lugar de adoctrinamiento para crear buenos obreros.

–A lo mejor tenían buenas intenciones –alegó Priscila.

–Sí, claro y el diablo hace maldades porque de niño no le querían. Lo que crearon fue un engendro. Por un lado tenían a más de cuatrocientos hijos de mineros intentando sacarles el gen rojo. El colegio y la universidad la llevaban los jesuitas, que de tanto estar con los obreros algunos se hicieron comunistas. El ministro comenzó a abrir universidades laborales por todo el país. Desde Albacete, pasando por Almería, Córdoba, Orense o Zaragoza. Tenían a los hijos de los obreros bajo el yugo de los jesuitas y otras órdenes, para que no les cambiaran el guion de una España grande, libre y una.

–¿Por qué me cuentas todo esto? Ya tengo demasiadas cosas en la cabeza.

–No seas impaciente.

–Está bien.

La abuela dejó la Tablet y le dijo:

–He conocido a la secretaria de la Universidad Laboral de Gijón durante los años ochenta. Los jesuitas se llevaron la mayor parte de los archivos, pero al parecer se olvidaron un archivador. Úrsula, mi amiga, tuvo que tirar todo el material en el año 1978, pero mientras lo hacía vio varios expedientes extraños.

–¿Qué tipo de expedientes?

–Los falangistas y los jesuitas hacían mucho más que educar niños.

Priscila miró a su abuela, sabía que había encontrado algo jugoso, sobre todo por el brillo de su mirada.

6. EMPAREDADO

Ignacio se levantó de la cama como nuevo. Carmen le había sabido dar horas de placer, pero no era capaz de darle consuelo. En la guerra había perdido demasiadas cosas y, aunque había terminado hacía más de quince años, para él seguía muy presente. Siempre se había sentido como un verdadero gilipollas, que es lo que le suele pasar a todos los idealistas. El fascismo le había fascinado, sabía que pensar o decir algo así en aquel momento podía considerarse un acto de extrema estupidez y lo era, pero en los años veinte y treinta el fascismo parecía la forma más novedosa de cambiar el mundo. Un sistema revolucionario, pero sin las asperezas del comunismo, que intentaba hermanar a todas las clases bajo un líder. Aún recordaba el primer discurso de José Antonio Primo de Rivera el 29 de octubre de 1933 en el teatro de la Comedia. Él era un jovenzuelo que estudiaba en la Universidad Central y se quedó fascinado. Lo que sucedió después se encuentra en los libros de historia. Las luchas callejeras con los comunistas y los sindicatos, los ajustes de cuentas y asesinatos políticos y, más tarde, el golpe de Estado. Había cogido las armas con alegría, hasta que los franquistas convirtieron a los falangistas en los carniceros de la retaguardia y los asesinos del frente. Eso ya no lo pudo soportar, sobre todo cuando en el año 1937 Franco se quedó el partido y los unió a los tradicionalistas que no tenían nada que ver con ellos, colocando a gente como Girón en los cargos de importancia.

Ignacio se peinó el pelo con gomina, se colocó el bigote y salió hecho un pincel de la habitación. Carmen le guiñó un ojo mientras servía los desayunos y no dejaba de cantar.

Tomó un café rápido y se fue a la Universidad Laboral, allí había concertado una cita con el director, el arquitecto y los operarios que habían encontrado los cuerpos.

Llegó al edificio cuando aún estaba envuelto por la niebla. Era colosal y le recordó su visita a Roma, cuando estaba todavía el *duce,* en una visita con el "cuñadísimo" Serrano Suñer. Aquella megalomanía tan fascista, de querer dejar un legado, algo grande por lo que ser recordado.

Caminó por el inmenso patio. Observó a un lado el teatro, al fondo la iglesia y la torre. Los niños corrían vestidos con sus uniformes a las clases y no escuchó unos pasos que se le acercaban por detrás.

—Señor Ignacio Etxebarría.

El hombre se dio la vuelta y observó al jesuita. Era alto y espigado, iba envuelto en una capa negra y llevaba cubierta la cabeza con un gorrito. Tenía unos ojos grises, tan fríos como aquella mañana de octubre que te calaba en los huesos.

—¿El director Máximo García?

—Soy tan nuevo en el cargo que aún no me he hecho a la idea. Tiene el nombre de nuestro fundador Ignacio y parece de origen vasco, como él.

—Soy de Chamberí, en Madrid, pero algún ancestro del norte seguro que tengo.

Caminaron hacia el despacho del director, que le sacaba mucho más de una cabeza de alto.

—¿Le gusta el edificio?

—Es imponente, sin duda.

—A mí me recuerda a las misiones jesuíticas, todo aquello construido en medio de la nada, para mayor gloria de Dios y para evangelizar a los indios. Estos muchachuelos pobres no son muy diferentes. Casi todos estaban sin cristianizar, la República hizo mucho daño y los dejaron como pequeños paganos, la mayoría desconoce hasta el padrenuestro.

Nacho odiaba toda aquella verborrea religiosa, le habían criado en un colegio de mercenarios cerca de su casa.

Entraron en el despacho, la mesa de caoba parecía hecha a medida.

—Al principio esto lo iban a dirigir los falangistas, pero les falta gente y arrestos. Nosotros pertenecemos a una institución milenaria fundada…

—Ya sé quién la fundó, pero lo que he venido a preguntarle es una cosa muy distinta.

El jesuita puso un gesto de desprecio, como si el policía no supiera apreciar su sutil inteligencia. Su compañía siempre había actuado de la misma manera, era la élite de la iglesia, la mano derecha del papa.

—¿Han reconocido los cuerpos?

—De eso no sé nada.

—¿Cuántos eran?

—Creo que seis.

—¿Se encontraban en avanzado estado de descomposición?

—Por lo que pude ver se encontraban en una fase colicuativa, después viene la reducción al esqueleto.

—¿Es médico?

—Sí, por la Universidad de Santiago de Compostela, además de periodista y abogado.

—¿Cuánto suele durar esa fase?

—Depende de muchos factores como la humedad, el clima, el lugar en el que se ha enterrado el cadáver, al estar emparedados suele ser más lenta. Puede durar entre 96 horas y 12 meses.

Nacho apuntaba todo en su libreta.

—¿Tanta diferencia?

El jesuita asintió con la cabeza.

—¿Puede llevarme al lugar en el que los enterraron o

como se diga?

El jesuita tomó el teléfono y al poco rato acudió un hombre de pequeña estatura, pelo rubio y espalda encorvada.

—Anselmo, por favor, acompaña al agente hasta la pared en la que aparecieron los cadáveres. Él fue quien los encontró. ¿Verdad?

—Sí, padre.

Salieron del edificio y se dirigieron de nuevo por el patio hacia la iglesia, tenía una extraña forma circular o eso parecía desde el frente con sus inmensas columnas. No era un edificio bello, ni siquiera armonioso, pero sí infundía respeto. Entraron en la capilla y, para su sorpresa, Nacho observó que era en forma de ovoide. Se acercaron al altar mayor y el conserje, tras santiguarse, se dirigió a la derecha, hacia una escalera circular, justo detrás estaban los restos de una pared medio derrumbada.

—Se encontraban aquí.

Nacho examinó el lugar. Tenía una profundidad de dos metros y una longitud de unos cinco.

—¿Para qué se dejó este hueco?

—No lo sé señor.

—Vale. ¿Cómo los encontró? ¿La pared se derrumbó?

—No, era de ladrillo macizo.

—¿Entonces?

—Abrí un hueco, llevaba mucho tiempo escuchando ruidos, se lo comenté al director y me dijo que abriera un hueco.

—¿El día de la inauguración?

—No quería que se escuchara a las ratas en plena misa, eso creíamos que eran.

—Pero no lo eran.

—No señor, eran personas.

7. INFORMES

Cuando Librada dejó sobre la cama los informes la primera reacción de Priscila fue ignorarlos, tenía que ir a hablar con la forense antes de que se marchara a casa y se sentía agotada. Las últimas semanas habían sido un infierno tras el descubrimiento de su relación con Juan Bueno.

–Dime lo que contienen y te prometo que lo investigaremos, pero no tengo la cabeza para adivinanzas.

–Eres una aguafiestas.

–Venga, tengo menos de una hora para ir al Anatómico Forense.

La abuela tomó uno de los archivos y lo abrió. Le entregó una ficha y Priscila la miró sin comprender bien.

–¿Es una ficha de alumno?

–Eso parece, pero examínala bien.

Miró los datos básicos, algunas características y por último un breve informe.

–No veo nada misterioso.

–¿Ves esos símbolos al final?

Priscila se puso las gafas, eran más pequeños que el resto de las letras.

–Sí, los veo.

Le entregó otra carpeta que ponía Experimentos. Su nieta examinó las primeras hojas y se quedó horrorizada.

–¿Experimentaban fármacos psiquiátricos y drogas con los niños?

–Sí, en especial LSD.

–Creía que era una droga moderna.

–No. Se sintetizó en 1938 por Albert Hofmann. Al parecer por error, pero creó una de las drogas más potentes del mundo.

–¿Por qué se las daban a esos niños?

–Querían quitarles el "gen rojo", los muy capullos. Se creyeron toda esa mierda de Antonio Vallejo Nájera. Al principio Franco le permitió experimentar con brigadistas internacionales y presos políticos, pero después al parecer lo hicieron con niños.

8. UNA SALA MUY FRÍA

Aquella sala siempre estaba fría. El sótano del edificio era una verdadera nevera. Exteriormente era austero, con su piedra gris y marcos verdes, parecía un centro de salud de barrio. Era uno de esos proyectos que se encargaban a arquitectos sin mucha imaginación, pero suficientemente baratos.

Priscila entró en el edificio y se dirigió directamente al sótano, ya se sabía el camino. Cruzó un largo pasillo solitario y se dirigió a una de las salas de disección: grandes bandejas metálicas, dos camas forenses y al fondo la pared donde se conservaban los cadáveres. Al abrir la puerta encontró a Margarita Robles fumando un cigarro, a pesar de que estaba prohibido hacerlo.

—Ya me iba.

—¿Puede contarme algo brevemente?

La mujer tiró el cigarro al suelo y lo apagó con el pie.

—A los muertos no les importa el humo, no son como los vivos.

—Tampoco desarrollan cáncer de pulmón —contestó Priscila.

—De algo hay que morir.

La mujer se acercó al cadáver y se lo mostró a la joven.

—Murió por la caída, pero no he encontrado nada. Nadie la forzó, violó, dañó o empujó. Fue un suicidio o un caso de enajenación mental, posiblemente producida por los meses de estrés de trabajo para dar con la vacuna.

–Una persona normal no actúa así.

–Según el informe que me llegó de la paciente, su madre tuvo esquizofrenia, puede que ella tuviera un brote. Creyó ver algo que no existía.

–Parece que es el caso más fácil de mi carrera.

–Y de la mía –añadió la forense.

Después tapó el cuerpo con una sábana.

–Es una desgracia morir así, cuando iban a reconocer el esfuerzo a tanto trabajo.

–Nadie dijo que la vida fuera algo lógico o maravilloso. ¿No cree? Yo me pasé treinta años en Madrid y jamás me ascendieron, mientras que un montón de ignorantes y torpes sí lo hicieron. ¿Sabe en qué nos diferenciábamos? Yo no tenía pene, triste pero cierto. Ahora he venido a morir a Asturias como los elefantes, que regresan al lugar en el que nacieron. Me arrepiento de haberme ido. Toda una vida tirada a la basura.

–Lo siento.

–Me muero, me han dado seis meses como mucho, mis amigos me dicen que me dé de baja y disfrute de lo que me queda, pero ¿si no he sabido disfrutar de sesenta y tres años, voy a hacerlo ahora? El único sitio en el que me siento a gusto es entre los muertos. Dentro de poco seré uno más. Sabe, los muertos no defraudan ni engañan, nos muestran todo lo que llevan dentro y solo quieren un lugar en el que descansar en paz.

Priscila apoyó la mano en el hombro de la mujer y esta se echó a llorar.

–Viva señorita, no se deje amedrentar, al final las cosas que parecen más importantes no lo son. El trabajo, el afán y la gloria, si es que llegan, pasan rápidamente. Mire a esta pobre desgraciada, le darán el premio póstumamente.

Priscila salió del edificio con el alma encogida, cada año que pasaba se sentía más sola. Sin hermanos, con una abuela a la que le quedaba tan poco y una madre controladora. No quería perderse esas cosas importantes de la vida, esas experiencias que hacían que el viaje hubiera merecido la pena. Se montó en el taxi y recorrió la ciudad mientras la lluvia comenzaba a purificar de nuevo el mundo. Al llegar a su apartamento se quitó la ropa y se metió bajo la ducha, apenas estaba saliendo cuando escuchó el teléfono. Era Teresa Sanz Vega.

–Hola.

–Hola, Priscila. Quiero que vengas a la cena de gala.

–¿A la cena con los premiados?

–Viene mucha gente, pasarás desapercibida. Quiero que observes a todo el mundo.

–Tienen escoltas y agentes del CNI. Acabo de salir de la forense y me ha dicho que no hay ningún indicio de asesinato, fue un suicidio o un accidente.

Teresa se quedó callada unos momentos.

–Hemos recibido una amenaza, aunque no sé si en el fondo es una amenaza. Te he mandado una foto.

Priscila abrió el teléfono y miró la nota. Estaba escrita con una letra alargada que imitaba la caligrafía del siglo XVI.

"Señor, una golondrina sola no hace verano".

–¿Qué es esto?

–Lo está analizando el CNI, pero parece como si quisiera decir que va a ver más muertos.

–Está bien, me presentaré en la cena, aunque no creo que valga para mucho.

–Te he sentado junto a Guillermo, él se hará pasar por otro invitado.

Priscila hizo un leve gruñido, lo último que le apetecía era estar sentada al lado de aquel petulante. Buscó en el armario el mejor vestido que tenía, se puso unos tacones y un abrigo ligero, para protegerse del frío de la noche. Después envió la frase a Librada, sabía que no se acostaría pronto y que al menos así podría combatir un poco mejor el insomnio.

Mientras se dirigía a la cena de gala pensó en Juan Bueno y estuvo a punto de llamarlo, pero no lo hizo.

9. ARQUITECTO

Gijón, octubre de 1955

Luis Moya Blanco era un hombre adusto, parecía un don Quijote desprovisto de yelmo y bigote. Tenía los ojos vivos de lunático, pero al hablar salía el maestro que llevaba dentro. Llegó mientras Nacho inspeccionaba con Anselmo el hueco de la pared. Enseguida se presentó educadamente.

—Señor don Luis Moya para servirle.

—Ignacio Etxebarría, gracias por darme un poco de su valioso tiempo.

—Soy el primero que quiere aclarar todo esto. Imagine el escándalo, que alguien haya emparedado vivos a cinco personas en uno de mis edificios. ¡Qué digo!, en mi obra más importante.

—Le entiendo. ¿Usted vive en Madrid?

—Sí, pero venía mucho para supervisar la obra, aunque contaba con un equipo muy amplio, desde mi hermano Ramiro pasando por Pedro Rodríguez A. de la Puente y el gijonés José Marcelino Díez Canteli.

—Entiendo.

—Yo no superviso los detalles, pero le aseguro que aquí no había una cámara, esto lo hicieron a mis espaldas.

—Lo misterioso es que la obra de la iglesia se terminó hace semanas. ¿Quién estuvo trabajando aquí?

—Le podrá informar Ignacio Chacón, uno de los ingenieros que se encargaba de supervisar los remates.

Vino para la inauguración e imagino que sigue en Gijón.

Nacho tomó nota de todo.

—Una curiosidad, ¿por qué la hizo con esa forma tan particular?

—Está dedicada a la Virgen de Covadonga, es todo un canto a la Reconquista y a la idea de España. Ya sabe que los imperios comienzan a desmoronarse el día que se olvidan para qué fueron creados. Nosotros necesitamos mantener vivo ese recuerdo de grandeza.

—La cúpula es impresionante.

Los dos miraron hacia arriba y el arquitecto comentó.

—Pesa dos mil doscientas toneladas y la sostiene veinte pares de nervaduras de ladrillo.

—¿Piensa que alguien esté intentando desprestigiarlo? ¿Que su obra sea desechada?

—No imagino a nadie haciendo algo así por envidia o desprecio. Si le soy sincero, estoy tan asombrado como el resto. Esos pobres diablos murieron emparedados como hacían los aztecas y otros pueblos, porque pensaban que las almas de los difuntos sostendrían los edificios para la eternidad. También lo practicaron los japoneses, lo llamaban el *hitobashira*. Aunque también se hizo en Roma contra las vestales que rompían sus votos. Costumbres bárbaras.

—¿Cómo sabe todo eso?

—No se lo creerá, pero pocos días antes del hallazgo hablé de este tema con el bibliotecario de la universidad, el hermano Sergio Poncela, es un anciano que ha pasado la mayor parte de su vida en las misiones, pero que llegó hace unos años a Oviedo y lo han nombrado bibliotecario jefe.

Nacho tomó nota y se despidió del arquitecto, mientras cruzaba el umbral de la iglesia sintió un escalofrío y pensó en los miles de edificios que albergarían secretos como aquel. Morir de aquella forma le parecía una de la más crueles que había escuchado, siempre pensaba que el ser humano no podía impresionarlo más con su maldad, pero estaba equivocado, la capacidad de los hombres para torturar y matar a sus semejantes era infinita.

10. LA CENA

Priscila se puso su mejor vestido, uno rojo que resaltaba el tono de su piel y el color de su pelo. Después se calzó los zapatos de tacón y se dirigió al coche, aunque pensó que sería mejor tomar un taxi, así podría beber algo de alcohol porque la verdad era que lo necesitaba. Se cansó de esperar en la parada y después llamó un Uber. Por tercera vez en aquel día la recogió el mismo conductor.

–No me lo puedo creer –dijo la joven al ver a Mohamed.

–La verdad es que Oviedo es un pañuelo.

–Ni que lo diga.

–Vamos a la cena de gala del premio Princesa de Asturias. ¿Verdad? Ya veo que se codea con la *jet set*.

–No crea que me hace mucha gracia. Hoy ha sido un día muy largo.

El coche se dirigió hacia Delayo Latores, uno de los restaurantes más exclusivos de Asturias donde el chef Javier Loya podía dar sus deliciosas viandas a la familia real y a los ganadores del premio.

A medida que se alejaban de la ciudad y se adentraban en la oscuridad que invadía todo alrededor, Priscila pudo relajarse un poco. Ahora que estaba de nuevo en activo sentía que la vida cobraba interés, tal vez había nacido para eso, para desenterrar fantasmas y descubrir muertos. Precisamente ella que había sido una niña asustadiza y una adolescente dócil e indolente, cuya vida parecía planificada por su madre y, más tarde, por su novio.

El coche entró en los hermosos jardines rodeados por una ligera niebla y al parar enfrente de la entrada las gaitas comenzaron a sonar.

La mujer salió con su despampanante traje y subió la escalinata, los gaiteros a pleno pulmón tocaban *Asturias patria querida* y ella caminó sola hasta la puerta, dos miembros de la seguridad le pidieron la invitación y un camarero de sala la llevó hasta su mesa. Allí ya estaban sentadas cuatro personas y quedaban dos sillas libres.

—Buenas noches —dijo mientras el camarero le colocaba la silla.

—Buenas noches —respondieron todos con educación.

Enseguida reconoció sus rostros. Uno era un famoso político de derechas que aspiraba a la presidencia. Al parecer le habían puesto en una mesa de segunda categoría para fastidiar, la que estaba a su lado era su esposa. La otra pareja era igual de famosa: un periodista deportivo metido a novelista y su esposa presentadora y escritora. Después de las presentaciones pertinentes se produjo un incómodo silencio.

—¿Es la primera vez que vienen al restaurante? —preguntó Priscila, para romper el incómodo silencio.

La pareja de periodistas que parecía saberlo todo ya habían estado; el político y su esposa no.

—Yo he venido varias veces, aunque hace mucho que no me invitan. La comida es muy buena, sobre todo las croquetas, los bocaditos de queso de afuega al pitu o las pirulas de foie. Lo mejor es la lubina al champán, pero como al rey no le gusta mucho el pescado no creo que la sirvan.

—Eso es lo malo de la monarquía —dijo la periodista mientras se colocaba a un lado y al otro su larga melena castaña y le hacía ojitos al político. La famosa pareja parecía el adalid del poliamor.

—En España no es monárquico ni el rey —bromeó su marido, mientras se frotaba su barba de dos días y parecía mirar a una rubia sentada en la mesa de al lado.

Priscila vaticinaba una noche horrorosa cuando se acercó Guillermo, el agente del CNI. Se había vestido para la ocasión y más parecía un modelo que un espía.

–Lamento el retraso, he tenido que hacer un trabajo de última hora.

La periodista lo desnudó con la mirada, pero él parecía tener solo ojos para Priscila, que lo cierto era que estaba bellísima con su traje rojo.

–¿Ha venido el esposo de la científica?

Guillermo negó con la cabeza.

–Está con calmantes en el hotel, hasta mañana no podrá hablar con él –le comentó al oído.

El maestro de ceremonias dio por iniciada la cena cuando los reyes se sentaron en la mesa de gala. Comenzaron a sonar los cubiertos, las risas y las voces que aumentaron desde un murmullo hasta convertirse en un estruendo.

Priscila observaba con atención a todos los comensales con la esperanza de ver algo extraño, pero eran vulgarmente normales. Políticos con afán de poder, modelos que buscaban un marido rico, nobles casposos a los que lo único que les quedaba era su linaje, los premiados y sus parejas, que desentonaban con sus trajes baratos y sus movimientos bruscos de personas no acostumbradas a tanto copete.

Teresa se levantó de su mesa y se dirigió hasta la de Priscila. Saludó a los invitados y le pidió a la mujer que la acompañase al baño.

–¿Has visto algo raro?

–No, parece la típica y anodina cena de gala.

–No me fío, hasta que no termine la ceremonia mañana no estaré tranquila. Que en todo este tiempo no se haya muerto ningún premiado y a mí me haya tocado el primero. ¿No es mala suerte? Seguro que me quitan del Patronato. Con lo que me ha costado conseguir un puesto así.

–No tienes la culpa, por lo que me ha dicho la forense todo ha sido un accidente o un brote psicótico.

Teresa entró en uno de los cubículos y se puso a orinar. Por un momento Priscila se sintió incómoda, como si no se esperara que fuera a hacer algo así.

Al salir se lavó las manos, gesto que agradeció la joven, porque en este país no se lavaba las manos después de orinar ni el más pintado.

–Estate atenta.

–¿Tienes la lista de invitados?

La mujer se la envió por el teléfono.

–Son ciento treinta, de ellos hay noventa que no creo que sean asesinos. Del resto no sabemos mucho.

–¿Piensas que podría ser algún familiar de los premiados?

La mujer negó con la cabeza.

–Eso nos hace descartar a muchos. Nos quedarían veinte sospechosos. Aunque puede que el asesino, si es que realmente ha habido algún crimen, se haya camuflado entre los empleados del hotel y ahora de la cena.

–Esa lista puede pasártela Guillermo, el CNI se encarga de comprobar sus antecedentes y todas esas cosas.

Salieron del baño y Priscila pasó despacio por las mesas para intentar ver a alguien sospechoso. Estaba llegando a su mesa cuando, de repente, una comensal vestida con un traje azul se puso en pie y comenzó a convulsionar. La gente de su mesa se acercó a auxiliarla, pero cuando comenzó a sangrar por los ojos, la nariz y la boca se apartaron asustados.

–¡Dios mío, es la ganadora del premio Princesa de Asturias de los Deportes!

Se trataba de Alexandra Manzano, una de las mejores atletas españolas de los últimos tiempos. Antes de que ellas llegaran a la mesa, la joven deportista se desplomó, cayó al suelo y convulsionó hasta perder el conocimiento.

11. LA NOCHE OSCURA DEL ALMA

Librada no era muy de Santa Teresa, pero cuando a una le quedan dos telediarios no se pone divina ante nadie. Le había dado por leer *Camino de Perfección,* aunque se lo ocultaba a sus amigas, no hubieran entendido que una "roja" leyera a una monja reaccionaria.

Es esencial para nosotros entender lo mucho que éstas (cuestiones) nos ayudan a conservar esa paz, interior y exterior, las cuales nuestro Señor tan fuertemente abrazó. La primera de ellas es amarse unos a otros; la segunda es desprendimiento de todas las cosas creadas; la otra es verdadera humildad, la cual, aunque fue mencionada al final es la que dirige a todas...

–¡Joder con la monja! No parece tan tonta como pensaba –dijo en alto en mitad de la noche.

Ella llevaba demasiado tiempo buscando la paz interior, pero le costaba amar a los demás, incluso a su hija. No había perdonado muchas cosas y, aunque siempre hablaba de la justicia social, en el fondo le molestaba la gente. Humilde sí se consideraba y nunca había tenido demasiadas cosas, para que no le costara desprenderse de ellas.

Sentía una profunda inquietud y curiosidad por lo que había al otro lado de la muerte. Como era lista, lista en el sentido de perspicaz, le extrañaba tanto que ahora todo el mundo se conformara con una vida más o menos mediocre, y pareciera no tenerle miedo a la muerte, que intuía que tras el velo había algo sublime y misterioso, pero que podía se terrible y definitivo. Lo pensaba por una simple razón: su deseo de justicia le hacía creer que al final todos aquellos que habían hecho tanto mal debían pagar sus culpas.

Librada dejó la Tablet con la intención de acostarse cuando escuchó unos pasos que se detuvieron en su puerta, todo quedó en silencio y notó cómo se abría. Tomó la garrota que tenía al lado y tensó los músculos.

–¿Librada? ¿Estás despierta?

–¡Qué susto me has dado, por Dios!

Era Úrsula, su nueva amiga.

–Lo siento, no podía dormir y me preguntaba si querrías echar una partida a las cartas.

–Por la noche no distingo los colores, pero siéntate aquí y charlamos un poco.

La mujer se sentó a su lado. Llevaba una rebeca sobre el camisón blanco.

–¿Habéis estado mirando los informes?

–Sí, pero lo que no entiendo es ¿por qué no denunciaste lo ocurrido?

–A finales de los setenta esa gente todavía tenía mucho poder y nunca he tenido espíritu de heroína.

–¿Y por qué ahora?

–Me remuerde la conciencia. Quiero saldar todas mis cuentas por si arriba me dicen algo.

–No sabía que eras creyente –comentó Librada.

–Ni yo hasta que he visto las orejas a la muerte. Después de trabajar en el Universidad Laboral me fui a Venezuela con un novio que tuve, queríamos hacer las américas, pero llegamos cuando las cosas comenzaron a ir mal por allí, regresé hace diez años, sola y sin dinero. Vivía con una prima, pero se murió y sus hijos vendieron el piso, menos mal que me dieron una plaza en la residencia.

–¿Llegaste a conocer a los anteriores directores de la Universidad Laboral?

—Era un grupo de jesuitas y falangistas que sobrevivió en la institución mientras el mundo cambiaba a sus pies. Aquel lugar era como un mundo aparte. ¿Nunca has estado?

—No, la verdad, los monumentos franquistas siempre me han dado mucho repelús.

—Pues tenéis que ir, yo puedo presentaros a un viejo amigo que conoce todo al dedillo. Fermín Cacho, que fue exalumno y luego estuvo veinte años trabajando en el mantenimiento.

Librada apuntó el nombre.

—Pues sería muy interesante.

Las dos ancianas se quedaron un rato en silencio mientras observaban la noche estrellada a través de la cristalera del balcón. Librada regresó a sus pensamientos sobre la paz interior y Úrsula recordó sus años en Venezuela, había llegado a la edad en la que todo era recuerdo y lo único que quedaba por hacer era recorrer el último viaje de la vida: una gran incógnita que se abría ante ella.

12. TESTIGO

Jesús Arteaga era un joven albañil andaluz que había llegado a Asturias dos años antes. En Jaén no había mucho trabajo o, para ser exactos, había mucho pero con salarios miserables que no te permitían sobrevivir. Su padre le había dicho a él y todos sus hermanos que dejara la tierra de sus antepasados, los malditos olivos que los habían esclavizado y que se fuera a cualquier otro lugar. Los ocho hermanos se dispersaron por Madrid, Barcelona y Gijón. Él prefería la capital, pero en el último año había escaseado el trabajo, una crisis se había apoderado del país después de varios años de crecimiento y había decidido ir a Gijón, donde vivía su hermana pequeña. Su cuñado Juanito trabajaba en el puerto, pero Jesús encontró un puesto en la construcción de la Universidad Laboral, que pagaban muy bien y libraba los fines de semana.

Observó desde lejos al policía con el conserje, sabía que tenía que cerrar el hueco, pero la realidad era que todo lo sucedido le daba escalofríos. Cuando el policía salió de la iglesia le siguió y antes de que se acercara a su coche le chistó.

—¿Quién es usted?

—Eso da lo mismo. Quiero contarle algo.

—¿Fue testigo de lo sucedido?

—Aquí no.

Se subieron al coche y se dirigieron a Gijón.

—¿Quiere un poco de sidra? —le ofreció el albañil.

—Sí, todavía no la he probado.

Le llevó hasta una famosa sidrería en la zona vieja y se sentaron en una mesa del fondo.

—¿Qué tiene que contarme? ¿Por qué tanto secretismo?

—¿Usted es de los de las camisas azules?

Nacho se pensó la respuesta.

—Lo fui, pero ahora no.

Jesús tomó un trago rápido y el camarero les escanció un poco más.

—Prefiero la cerveza, pero esto es más barato y no me gusta beber demasiado los días de diario. Mañana cobro y me pasaré todo el fin de semana de tasca en tasca. ¿No le parece absurdo? Toda la semana trabajando para gastarlo en dos días, bebo para olvidar que tengo que trabajar.

Nacho tomó la sidra y pidió unas tapas.

—La cosa es que llevo trabajando en la Laboral desde el comienzo. Me pusieron en una cuadrilla de maestros que levantábamos las paredes de ladrillo. Mi abuelo y mi padre eran albañiles y a mí no se me da mal. Mientras tenga estas manos no pasaré hambre —dijo mientras se observaba las dos palmas encallecidas.

—¿Vio algo?

El hombre miró a un lado y al otro.

—Ya no quedamos muchos trabajando. Estamos para remates y esas cosas, unos veinte hombres entre albañiles, pintores y fontaneros, pero hace tres días aparecieron unos albañiles, eso nos dijeron, pero no tenían unas manos como estas. Se trataba de falangistas, levantaron una pared donde aparecieron los cadáveres y luego lo enlucieron; mi primo Antonio lo pintó justo antes de la ceremonia de inauguración.

—¿Podría reconocer a esos hombres?

—Los vi de soslayo, pero uno de ellos no lo olvidaré jamás.

—¿Por qué?

–Era muy joven, y tenía un ojo de cristal que brillaba con el reflejo del sol.

–¿Quiénes eran los hombres que emparedaron?

–No sé, de eso no me enteré, pero me dieron muy mala espina. Solo verlos y sentía escalofríos. Durante la guerra tenía cinco años, pero no sentía esa sensación desde que vi cómo fusilaban al maestro y al farmacéutico de mi pueblo por rojos.

–¿Dónde puedo localizarlo si le necesito?

El albañil titubeó.

–Me voy a Mataró, que están construyendo muchos hoteles, prefiero poner tierra de por medio.

–Necesitaría que viera unas fotos.

–Esa gente no está fichada, son como usted, policías o algo más importante.

El hombre apuró el último trago y se levantó, se caló la boina, y antes de salir del local, se dio la vuelta.

–Tenga cuidado o usted será el próximo.

El albañil caminó algo mareado hacia la barriada en la que vivía su hermana. Unos pisos construidos por Franco para los obreros de los astilleros. A medida que se acercaba a la barriada la luz de las farolas era cada vez más escasa. Escuchó unos pasos y se giró nervioso, pero no había nadie. Torció por una callejuela y miró el piso de su hermana, aún había luz, tenía que atender a sus seis hijos y al que venía en camino. Siempre había tenido una vida difícil desde que se escapó con su novio del pueblo. Él había intentado ayudarla, pero, como todos ellos, estaban destinados a una vida de sufrimiento y dolor.

Caminó unos pasos y notó una mano que le rodeaba el cuello.

–¿Qué le has contado andaluz fulero?

–Nada. No he dicho nada –contestó aterrorizado.

Giró un poco la cara y vio brillar el ojo de cristal.

–Mejor así –dijo el hombre mientras le rebanaba el pescuezo de un solo tajo. Jesús no sintió nada, únicamente

cómo la vida se le escapaba en un segundo y todo se
apagaba   de   repente.

13. LA TERCERA VÍCTIMA

Los escoltas sacaron al rey y su familia de inmediato, después al presidente de gobierno y otras autoridades. A los pocos minutos el salón había quedado casi vacío por completo. Guillermo y Priscila se acercaron al cadáver, pero sin tocar nada. El rostro de la deportista estaba morado y sangraba por todas sus cavidades.

–¿Qué demonios le ha pasado? –preguntó Priscila horrorizada.

–Puede que sea una reacción alérgica.

La mujer miró al agente.

–No creo, tengo una amiga con muchas alergias y no tiene hemorragias por todos lados.

Teresa apareció hablando por teléfono.

–¡Dios mío, quiere suspender la entrega de premios de mañana! Es el segundo galardonado muerto. Además en menos de veinticuatro horas.

Guillermo miró la ficha de la deportista.

–¿Qué tienen en común Alexandra y Clarise?

–Son mujeres y famosas, algo que no gusta a muchos hombres –contestó Priscila.

–¿Crees que es un crimen machista? –preguntó Teresa.

–Por ahora es lo único que tenemos.

–También son ganadoras del mismo premio, puede que el asesino intente mandar un mensaje político.

Las dos mujeres miraron al agente.

–¿Terrorismo? –preguntó Teresa.

—Es posible —dijo Guillermo.

—La única amenaza terrorista actual es la yihadista —
-apuntó Priscila.

Guillermo negó con al cabeza.

—Vigilamos en la actualidad a más de veinte grupos, desde veganos radicales, animalistas, extrema derecha, varias sectas y algunos grupos ultranacionalistas.

—Yo creo que es un asesino en serie que únicamente quiere que veamos lo listo que es. En la nota que envío sobre el Quijote ya nos decía que la viróloga no iba a ser la última. Tenemos que reforzar la seguridad de los premiados.

Teresa llamó de inmediato a seguridad y pidió que un policía estuviera en la puerta de cada galardonado.

—No podrá tocar a ninguno más —comentó después de dar las órdenes pertinentes.

En ese momento vieron junto al cadáver un pedazo de papel. Priscila lo desdobló con la punta de un bolígrafo y lo leyó en voz alta:

"Cada uno es como Dios le hizo y aun peor muchas veces".

14. LA MUESTRA

La noche no terminó como estaba previsto. Tras dejar el restaurante sin probar bocado, Guillermo se ofreció a llevarla a casa. Al llegar a su apartamento tuvo la nefasta idea de invitarlo a tomar algo para templar los nervios. Como tenían el estómago vacío una cosa llevó a otra y...

Cuando se despertó por la mañana y vio al agente del CNI desnudo en su cama se acordó de una cita de Milan Kundera que había leído en la *Insoportable levedad del ser* que decía que el amor no se manifiesta en el deseo de acostarse con alguien, sino en el deseo de dormir junto a alguien.

Al mirar a aquel desconocido tuvo ganas de salir corriendo.

—Buenos días —comentó sonriente Guillermo.

—Será mejor que te marches.

—Pero ¿no me ofreces ni un café?

—Ya te he ofrecido más de lo que te merecías.

—No fui yo precisamente.

—No me acuerdo de nada y lo prefiero.

El hombre se levantó de la cama y se comenzó a vestir. Tenía un perfecto cuerpo musculoso, pero a ella, en aquel momento, le producía la mayor de las repulsiones. Se sentía tan vacía y hastiada, con la sensación de que su vida no tenía un rumbo definido.

En cuanto se marchó se echó a llorar como una tonta. Sabía que eso no salía en las películas románticas ni en las novelas, pero nunca había experimentado un vacío mayor que levantarse al lado de un desconocido.

Se dio una larga ducha, como si necesitara aclarar las ideas y después se colocó una camiseta. Miró las dos frases del *Quijote* y se preguntó qué podían significar. Se las mandó a su abuela y mientras tomaba un poco de café se acordó de su viejo profesor de literatura. Un verdadero enamorado del *Quijote*. No tenía su teléfono, pero imaginó que aún seguiría en el instituto Dulcinea o al menos sabrían indicarle dónde encontrarlo.

Se vistió con lo primero que encontró en el armario, se recogió el pelo y se dirigió a su viejo instituto. En cuento estuvo delante de la fachada le sorprendió que estuviera exactamente igual, como si se hubiera detenido en el tiempo. Subió las escaleras de dos en dos, pero le dio un tirón en la pierna y se paró a masajearla, un alumno le dijo:

—Perdone señora.

—¿Señora?

El chico frunció el ceño ante la reacción de la mujer y siguió su camino. Priscila se paró en la entrada y un conserje le preguntó qué quería.

—¿El profesor Agustín Martos?

—El viejo profesor ya está jubilado, vive cerca de aquí frente al parque.

—¿Sabe la dirección?

—Eso en la secretaría —comentó indicando una puerta al fondo.

Un funcionario vestido en chándal, con deportivas estaba comiendo una galleta de chocolate cuando entró, se colocó detrás del mostrador y esperó a que le atendiese, aunque no parecía que tuviera mucha prisa.

Al ver la mirada insistente de la mujer el hombre se puso en pie con dificultad y se apoyó en el mostrador.

—¿Qué se le ofrece?

A Priscila le hizo gracia el comentario. Pensó en contestar "nada buen hombre", pero se contuvo.

—Soy una exalumna y quería la dirección de un

profesor.

—Esa es una información confidencial y no se la puedo facilitar.

—¿Y el teléfono?

—Los datos son privados. ¿No conoce la Ley de Protección de Datos?

Priscila prefería no comentarle lo que pensaba sobre la ley.

—Necesito contactar con él.

El funcionario negó con la cabeza y se dirigió de nuevo a su asiento.

—¿Sigue enseñando Cintia educación física?

—La vieja cacatúa suele estar en el gimnasio, aunque no es que tenga un cuerpo muy atlético.

—Usted tampoco —comentó mientras se marchaba.

Llegó al gimnasio y vio a la profesora colocando unas colchonetas. Jamás la había visto en chándal, siempre llevaba un jersey gris y una falda a juego.

—¡Cintia!

La mujer levantó la cabeza con dificultad y frunció el ceño para afinar la vista.

—Soy Priscila.

—¡Válgame el cielo! Qué guapa estás. Unas vais para arriba y otras para abajo.

—Pero si estás igual —dijo Priscila mientras le daba dos besos.

—Me quedan ochenta días para jubilarme, pienso irme a Fuengirola y no pisar un instituto el resto de mi vida. Mira que pensaba que los de vuestra generación erais unos cafres, pero me equivocaba, el mundo se está terminando, te lo aseguro. Si tenemos que dejar que lo lleven los actuales adolescentes esto será una mezcla entre Sodoma y Gomorra y Armagedón.

Cintia siempre había sido muy tremendista.

—No será para tanto.

—Hoy una cría se presentó en sujetador, era muy bonito, de encaje, pero le dije que no podía hacer deporte así y me contestó que la cercenaba, no creo que supiera ni lo que significaba la palabra. Por Dios, le hubiera cruzado la cara, pero ahora no se puede.

—Nunca has cruzado la cara a nadie —contestó Priscila.

—Me refería en forma metafórica.

—Venía a preguntarte por algo.

La mujer frunció el ceño y sus arrugas se movieron como las de un acordeón.

—Ya me extrañaba.

—Quería saber la dirección del profesor de Literatura, Agustín Martos.

—Agustín siempre encandiló a todo el mundo. La verdad es que tenía un piquito de oro y otras cosas.

Priscila no quiso indagar.

—¿Sabes dónde vive?

La profesora le dio la dirección y tras despedirse vio en la puerta a una chica con un plumas y debajo un sujetador. Al parecer Cintia no exageraba.

Caminó por el parque hasta el piso del profesor, llamó al timbre, pero nadie contestó, estaba a punto de irse cuando escuchó una voz conocida a su espalda.

—¿A qué piso va?

Se dio la vuelta y vio al profesor.

—Don Agustín.

El hombre sonrió y se le iluminó por un momento el rostro, su pelo pelirrojo estaba casi blanco, su piel rosada algo más rojiza y sus profundos ojos azules menos brillantes, pero parecía la misma persona.

—Hace mucho tiempo que nadie me llama así.

—Soy Priscila, la rubia.

—Dios mío. "La locura acierta a veces cuando el juicio y la cordura no dan fruto".

—Eso es de *Hamlet*.

—¿Todavía te acuerdas? Entonces no he debido ser tan mal profesor. ¿Quieres subir?

—Sí, necesito hacerle una consulta.

Se dirigieron al ascensor y mientras subía le comentó el

profesor.

—Te he visto en la tele, siempre pensé que te iría bien pero como detective nunca.

Llegaron al descansillo y el hombre abrió la puerta, dejó el pan en la cocina y después de preparar un café se dirigieron al salón.

—Mi mujer murió de cáncer hace dos años, mis hijos están en París y Ámsterdam, lo que significa que estoy más solo que la una, aunque doy clases de español para inmigrantes en la parroquia. Eso me mantiene en forma, son mejores estudiantes que los del instituto. ¿Qué te trae por aquí? ¿La nostalgia?

—Me temo que no.

—Nunca fuiste de las que miran atrás.

La joven le entregó las dos frases del *Quijote*.

—¿Qué es esto? —preguntó mientras se ponía las gafas.

—Dos citas del *Quijote*.

"Señor, una golondrina sola no hace verano". "Cada uno es como Dios le hizo y aun peor muchas veces"

—Dígamelo usted.

—Son dos citas del *Quijote*. La primera si no recuerdo mal es de la primera parte, capítulo 13. Se acercó a su despacho y regresó con un viejo tomo del libro y lo abrió:

> Señor, una golondrina sola no hace verano. Cuanto más, que yo sé que de secreto estaba ese caballero muy bien enamorado; fuera que, aquello de querer a todas bien cuantas bien le parecían era condición natural, a quien no podía ir a la mano. Pero, en resolución, averiguado está muy bien que él tenía una sola a quien él había hecho señora de su voluntad, a la cual se encomendaba muy a menudo y muy secretamente, porque se preció de secreto caballero.

—Quijote habla de aquí de su amada, Dulcinea. Un caminante le comenta que un caballero andante no tenía amada y por eso dice que una golondrina sola no hace verano. Hoy diríamos que la excepción confirma la regla.

Priscila comenzó a tomar nota.

—¿Y la otra frase?

—La otra creo que está en la segunda parte, hacia el capítulo 2 o 3.

El hombre comenzó a buscar y dio con la cita.

—Es en el capítulo 4:

Yo los gasté en pro de mi persona y de la de mi mujer y de mis hijos, y ellos han sido causa de que mi mujer lleve en paciencia los caminos y carreras que he andado sirviendo a mi señor don Quijote: que si al cabo de tanto tiempo volviera sin blanca y sin el jumento a mi casa, negra ventura me esperaba; y si hay más que saber de mí, aquí estoy, que responderé al mesmo rey en persona, y nadie tiene para qué meterse en si truje o no truje, si gasté o no gasté: que si los palos que me dieron en estos viajes se hubieran de pagar a dinero, aunque no se tasaran sino a cuatro maravedís cada uno, en otros cien escudos no había para pagarme la mitad; y cada uno meta la mano en su pecho y no se ponga a juzgar lo blanco por negro y lo negro por blanco, que cada uno es como Dios le hizo, y aun peor muchas veces.

El hombre frunció el ceño y miró a la joven.

—¿Qué quieren decir estas citas? ¿Por qué te importan tanto?

—Las mandó el asesino de los dos premiados que han muerto. La primera para una viróloga que se tiró desnuda y murió al caer. La segunda ha muerto de una forma terrible, era una joven deportista.

El profesor se quedó pensativo.

—La viróloga es la cita sobre las golondrinas, lo que viene a significar que una no hace excepción. El asesino odia a los científicos, como si fueran engañadores, no tenía nada contra esa mujer en concreto.

—¿Y la segunda?

—En este caso insinúa que nadie debe ser juzgado por lo que hace con su vida. Sancho se queja que en la primera parte del *Quijote* le criticaron por su comportamiento.

—Pero ¿a quién juzga el asesino?

—No es eso Priscila, el asesino se ha sentido juzgado y ha matado a su segunda víctima para resaltar esa idea.

—No entiendo nada.

—El asesino nos está narrando su vida por sus crímenes. En el primero critica que la gente no hace excepciones y juzga a todos por igual. En la segunda que nadie debe meterse en la vida de los demás, porque somos como Dios nos creó.

—Entonces es un hombre acomplejado que quiere expresarse por medio de sus crímenes.

—Exacto.

—Pero ¿por qué hacerlo por medio de citas del *Quijote?*

—Vanidad querida. Estás buscando a un hombre o una mujer extremadamente cultos, con conocimientos químicos, posiblemente un genio incomprendido que tiene un mal trabajo, puede que aún viva con sus padres. Lo siento, creo que he leído muchas novelas de detectives —bromeó el profesor.

—Ha hecho un perfil del asesino magistral. Aunque lo más importante es descubrir su próximo paso.

—Las dos muertas eran mujeres. ¿Hay más mujeres entre los premiados?

Priscila se hizo la misma pregunta. Después llamó por teléfono a Teresa y le pidió la lista de premiados.

—Hay dos científicas más, una artista y una periodista.

El profesor miró a la mujer y sintió un escalofrío, hacía mucho tiempo que no se sentía tan vivo como en ese momento.

—Pues creo que ellas pueden ser las próximas víctimas —dijo el anciano mientras soltaba el pesado tomo del *Quijote.*

2ª PARTE: EMPAREDADOS

15. COMISARÍA

Joyce Pitman estaba pensando seriamente en largarse esa misma mañana y no asistir a la ceremonia. Ya habían muerto dos de las galardonadas y ella no quería ser la tercera, pero lo que no sabía era que ya había fallecido la noche anterior. Por su sangre circulaba un agente radiactivo que llevaba horas destruyendo sus defensas, pero en su caso era indoloro y prácticamente silencioso.

Su pareja Marga le animó a asistir a la ceremonia. En ese momento estaba en el cuarto de baño peinándose cuando vio que el pelo se le caía a mechones. Se asustó tanto que no acertaba a llamar a Marga.

Al final salió del baño pálida y con el mechón de pelo en la mano y se lo mostró a su compañera.

—¿Qué demonios es eso?

La periodista y escritora que tantas horas de programación había rellanado y libros escritos se quedó sin palabras.

Marga tomó el teléfono y llamó a recepción. Enseguida subió la doctora del hotel y comenzó a examinarla, pero no encontró nada extraño.

—Será por el estrés, después de lo sucedido es normal ——comentó a las dos mujeres—, pero si quieren asegurarse es mejor ir al hospital.

Joyce se tranquilizó y decidió acudir a la ceremonia. Las dos mujeres se terminaron de vestir y tomaron un poco de champán antes de salir del hotel.

—Estoy deseando regresar a Washington —comentó la periodista.

—Lo entiendo, yo también, pero tenemos escolta y después de lo sucedido no se pueden arriesgar a que otro premiado muera.

—A lo mejor esas mujeres no fueron asesinadas. La primera se lanzó por la barandilla de la primera planta, y he leído un comunicado oficial que asegura que la segunda tuvo una reacción alérgica. Ha sido simple mala suerte.

En el fondo Joyce no creía en la mala suerte, pero intentaba tranquilizarse de alguna manera.

—¿Quién iba a asesinar a una científica y una deportista? —preguntó Marga.

—La mayoría de los asesinos en serie son misóginos, menos unos pocos que son homosexuales reprimidos.

—Ya no hay asesinos en serie —dijo Marga.

—Eso es lo que la gente cree. Lo que sucede que la policía los coge demasiado rápido y no les da tiempo a volver a asesinar.

—¿Realmente crees eso?

—Son estadísticas —dijo Joyce—, pero dudo que en un país como España haya muchos.

—El mal abunda en todas partes.

—Esto no es una cuestión sobre el mal y el bien, el mal es una enfermedad patológica.

Marga dejó la copa en la mesita.

—Eso espero, tengo todo el cuerpo escalofriado.

Las dos mujeres dejaron la habitación y se dirigieron al ascensor. Fuera la maraña de periodistas era increíble, desde que había corrido la noticia de las muertes, prácticamente todos los periódicos y televisiones del mundo habían enviado a sus reporteros.

Las dos mujeres esperaron a que llegara su coche mientras los fotógrafos no dejaban de retratarlas. Joyce se sintió un poco mareada, pero lo achacó a los nervios, la noche sin pegar ojo y al estrés. El efecto de la radiación estaba minando su cuerpo tan rápidamente como una plaga de termitas los cimientos de una cabaña de madera.

16. PUEBLO

La segunda noche con Carmen no fue tan especial porque se había perdido el apremio de la novedad, pero sin duda era mucho mejor que pagar por sexo, algo que siempre había aborrecido, pero que practicaba de vez en cuando. Le habían educado en el catolicismo, pero en la religión oficial siempre había habido más manga ancha para los hombres que para las mujeres. Era consciente de ello, por eso los españoles siempre se dirimían ante la tesitura de que las mujeres eran putas o santas, un simplismo que no compartía, como tampoco lo hacían los "camisas viejas", pero la falange en esto también se había sometido a la Iglesia y Franco, al que muchos tildaban de mesías, salvador de la patria y al que tanto les gustaba llevar bajo palio. Para Nacho, Franco era un general afeminado, lleno de complejos, pero más astuto que un zorro. Un hombre que no tiene pasiones, como le sucedía al caudillo, en el fondo era un ser peligroso.

Aquella mañana se puso su mejor traje, uno azulado que apenas había utilizado un par de veces, tenía dos visitas importantes que realizar. Una a la sede de la falange en la ciudad y la otra a la comisaría central. La primera le resultaba más agradable, conocía al jefe del partido en la ciudad, Pelayo Bermúdez, habían combatido juntos y nunca había conocido a alguien más valiente.

Aparcó el coche frente a la sede del partido, estaba algo

destartalada, cada año el régimen intentaba distanciarse más del movimiento y abrirse a las potencias occidentales. Algo que no le parecía mal del todo, tras su estancia en los Estados Unidos había aprendido a admirar a los yanquis, ellos sí que sabían vivir a lo grande.

Entró en el edificio que había sido la vieja sede de la UGT y casa del pueblo, los falangistas apenas se habían limitado a cambiar la bandera de la puerta y pintar las paredes. El edificio era austero, hecho por las manos de los mismos obreros que disfrutaban allí de algo de ocio y educación. Ahora lo frecuentaban algunos nostálgicos, miembros del sindicato vertical y viudas de excombatientes. Solían hacer torneos de ajedrez, concursos literarios, prácticas de tiro y obras de teatro.

—¡Joder Nacho! —exclamó uno de los falangistas al verlo entrar.

—¡Ramírez, coño! Dichosos los ojos —contestó dándole un abrazo.

—¿Qué haces tú en el paraíso?

—De vez en cuando los demonios nos escapamos del infierno.

Los dos camaradas se agarraron de los hombros.

—¡Qué tiempos los de la milicia! Aunque a veces me pregunto para qué ganamos la guerra.

—¿Para salvar a España? —le preguntó malicioso Nacho.

—A España no la salva ni Dios, con perdón. ¿Has venido por lo de la Laboral?

—Me temo que sí.

—Nosotros no hemos sido —bromeó levantado las palmas de las manos.

—¿Los "camisas nuevas" no han intentado hacerse con el control de la sede?

—Esos mierdas son demasiado cobardicas, esta ciudad sigue siendo roja, más roja que el pimiento de piquillo, lo que pasa es que lo disimulan. Mira la sede y los pocos militantes, pero eso no parece importar en Madrid. No sé quién les va a salvar el culo cuando los comunistas vuelvan a tocarnos las pelotas.

—¿Está Pelayo?

—En su despacho creo que hay un trozo. ¡Joder!, Nacho, ¡qué alegría me ha dado verte!

El policía entró en el despacho de paredes de cristales opacos.

—¿Se puede?

—¡Dios mío! Ignacio Etxebarría, ni más ni menos. Te hacía lamiendo algún culo en el Ministerio de Gobernación.

Los dos hombres se abrazaron.

—Ya sabes que no me gustan esas mariconadas.

—Siéntate, has venido por lo de la Laboral.

—Sí, el ministro quiere que llegue al fondo de lo sucedido. ¿Sabes algo?

El falangista se encogió de hombros.

—Tanto como tú. Que han encontrado a unos gachós metidos en una pared y que a algún hijo de puta se le ocurrió enterrarlos vivos. Aunque, a mí se me ocurre a un par que emparedar.

—¿Tienes fichas de todos los miembros del movimiento?

—Claro, los asturianos somos gente organizada, esto no es Andalucía o Extremadura.

—Pues me gustaría echarlas un vistazo.

—¿Sospechas de nosotros?

—No, pero ya sabes que hay gente que se mete a falange para medrar o beneficiarse.

—No creo, eso era antes. Ahora te miran mal si llevas la camisa azul. Te lo aseguro.

Pelayo se puso en pie y sacó unas carpetas del archivador.

—No hay muchos, tal vez unos dos mil. ¿Buscas algo en concreto?

—Un hombre con un ojo de cristal.

El rostro de su amigo se demudó.

–¿Estás bien?

–Sí, pero creo que me ha sentado mal la tostada esta mañana.

En cuanto se quedó a solas comenzó a revisar las fichas, su amigo sabía más de lo que estaba dispuesto a contarle. No parecía estar involucrado, pero fuera quién fuera el hombre del ojo de cristal, parecía despertar el temor de personas que él sabía que eran valientes y decididas.

17. QUIJOTE

Librada siempre esperaba a su nieta como agua de mayo. La soledad nunca es buena, pero mucho menos cuando sabes que cada segundo cuenta y tu vida está llegando a su fin.

–¿Has dormido mal, guapa?

–Mejor no te cuento abuela.

–Úrsula nos ha preparado una excursión a la Universidad Laboral, tal vez allí podamos descubrir algo más.

–¿Aún sigues con esa historia del pasado?

–Joder, Priscila. Esa gente experimentó con niños, tenemos que sacar todo eso a la luz.

–Los que lo hicieron deben estar muertos.

–Sí, pero la justicia debe aplicarse de todas formas. Que al menos podamos ensuciar la memoria de esas bestias.

–Tengo que ir a la entrega de premios, ayer murió otra...

–Algo he leído, al final van a acabar con todas.

Priscila tomó un poco de té, necesitaba recomponerse.

–¿Todas?, tú también piensas que es algo contra las mujeres.

–No creo que sea casualidad, el asesino es un psicópata misógino –argumentó Librada.

–He visitado a mi viejo profesor Agustín, es un especialista en el *Quijote* y me ha hecho un perfil del asesino. Hombre, unos cuarenta años, muy inteligente, con un trabajo de mierda y que vive con sus padres. Soltero o divorciado, su pareja debe haber triunfado en su carrera.

—Estas describiendo a media España, bonita —comentó Librada.

—Eso reduce un poco la búsqueda, pero no demasiado. Tiene que haberse infiltrado como personal de mantenimiento en el hotel y en el restaurante. He mandado que me pesen las grabaciones de ambos sitios, tendrías que visualizarlas.

—Eso está hecho —dijo Librada con su sonrisa picarona.

—Eres como la abuela del visillo.

—Si estuvieras en esta mierda de residencia, a ti también te apasionaría cotillear —se defendió la abuela.

—Pero tengo que pedirte otro favor.

—Suéltalo ya.

—Quiero que me acompañes a la entrega de los galardones en el teatro Campoamor.

—¿Con pinza o sin pinza en la nariz?

—No seas burra abuela.

—Los Borbones me dan salpullido.

—Pero verás a tu amado presidente y si tienes suerte al ministro de Consumo.

Librada comenzó a reírse.

—No me digas que no es divertido este puto gobierno, poner a un comunista como ministro de Consumo, es como permitir que un zorro proteja el gallinero.

18. GALARDÓN

La madre de Priscila siempre llamaba en los momentos más inoportunos. Después de ayudar a su abuela a encontrar algo mono que ponerse para los premios Princesa de Asturias habían ido a su apartamento para que ella se vistiera y arreglara. La joven puso el manos libres mientras se maquillaba.

—Hola mamá, me pillas en muy mal momento.

—¿Tienes alguna vez uno bueno? Creía que te estabas preparando una oposición y te vi esta mañana en las noticias. Estabas muy guapa, llegando a un restaurante mientras tocaban unas gaitas. ¿Estás investigando lo de las premiadas muertas?

—No te lo puedo contar.

—A mí no y sí a tu abuela. Siempre te he apoyado.

Priscila sabía que no era verdad. Su madre había querido que se casara con el politiquillo de centro que pertenecía a una de las mejores familias de Oviedo, para que le llenara su casa de hijos.

—Ella me ayuda en las investigaciones.

—Yo también podría…

—Estás muy liada ayudando a tu marido con el partido. ¿Me equivoco?

—Salvando a España es lo que estoy haciendo. Los comunistas quieren devolver a nuestro país a la Edad Media como ya han hecho con Cuba y Venezuela y ahora con Perú. Pobre gente.

—Bueno, tengo que dejarte.

—Vale, pero pásate esta noche y cenas con nosotros. Tengo que presentarte a alguien, después de lo del obispo necesitas que vean que has pasado página. Eres la comidilla de todo Oviedo.

—Esta vetusta ciudad siempre ha disfrutado despellejando a la gente. Las cosas han cambiado, pero aquí todo permanece inmutable.

—Hija, acostarse con el obispo de la ciudad siempre va a dar que hablar.

—Te dejo.

Priscila colgó el teléfono y dio un largo suspiro.

—Por Dios, qué pesada es tu madre —dijo la abuela.

La joven se terminó de arreglar, se observó un momento en el espejo y no pudo menos que reconocer que estaba guapísima.

—Eres un ángel —dijo Librada.

Las dos mujeres bajaron hasta el coche y unos quince minutos más tarde ya habían aparcado en el aparcamiento de la Escandalera. Cruzaron la calle y se dirigieron a la entrada del teatro. Librada caminaba muy despacio, pero le encantó sentir de nuevo bajos sus zapatos la ciudad, toda aquella gente caminando de un lado para el otro.

—Cuando regreso a Oviedo me doy cuenta de que estoy en un convento de clausura. Mi destino es estar siempre rodeada de monjas.

—Las pobres se portan muy bien contigo.

—No me hables de monjas, todavía se me ponen los pelos de punta cuando recuerdo mi colegio.

Cruzaron la alfombra roja mientras los periodistas y curiosos no dejaban de hacerles fotos. Librada parecía disfrutar con la experiencia.

—Venga abuela, que te pareces a la María Teresa Campos.

—¿Tú crees? Pero yo no estoy operada.

Llegaron a la entrada y enseñaron el código en el teléfono.

Cruzaron el recibidor y entraron en el teatro.

—Es muy bonito, no pisaba este sitio desde hacía veinte años.

En la puerta vieron a Guillermo, pero Priscila intentó disimular, no habían caminado ni diez pasos cuando se puso enfrente la periodista que había destapado su romance con el obispo.

—Priscila, parece que eres la salsa de todas las fiestas. ¿Quieres ligarte a su majestad el rey? Uno más para tu colección.

La investigadora miró a Patricia, era guapa a pesar de su mal carácter y gesto agresivo. Le sacó el dedo y siguió adelante.

Sus asientos se encontraban al lado de los de Teresa, en primera fila, al verla llegar le hizo un gesto con la mano.

—Por fin has venido. ¿Sabes algo de la autopsia?

—Iré en cuanto termine la ceremonia.

—No he pegado ojo —dijo la presidenta del Patronato.

—Lo siento, no es fácil descubrir lo que está pasando, aunque he hecho un perfil del presunto asesino.

—Válgame el cielo, algo es algo. Lo importante es que no se nos muera nadie más.

Los premiados se fueron colocando en sus puestos. Los últimos en entrar en la sala fueron el presidente y la familia real al completo.

—¡Qué mona la princesa! —dijo Librada al oído de su nieta—, ¡qué pena que sea borbona!, esa familia está maldita.

El rey comenzó con un aburrido discurso, algunos de los invitados más mayores comenzaron a dormirse.

—¿Cuánto dura este tostón?

—Dos horas, todos los premiados dan su discurso.

—Vaya por Dios, hija.

Uno de los momentos más emotivos fue cuando dieron los premios póstumos a las dos fallecidas. El de la científica lo recibió el esposo y el de la deportista su padre. Todo el mundo parecía emocionado, hasta Librada tuvo que secarse un par de lágrimas.

La princesa tomó la palabra y anunció el premio Princesa de Asturias de las Letras.

—Por su labor como periodista y escritora a favor de la mujer hoy tenemos el placer de entregar este premio a Joyce Pitman.

La periodista se puso en pie, recorrió el pequeño espacio con paso firme y tomó el premio en las manos. Le dio la mano a la princesa y después se dirigió al público en español.

—Primero quiero agradecer a sus majestades los reyes, a la princesa de Asturias y al gobierno de España este galardón que representa a todas las mujeres, su lucha y contribución a un mundo más justo e igualitario.

La periodista comenzó a notar que se le secaba la garganta, tomó un poco de agua y carraspeó.

—Quiero dedicar este premio a mi pareja…

Notó que le faltaba el aire y comenzaba a marearse. Se zarandeó y aunque intentó guardar el equilibrio, se derrumbó sobre la moqueta.

Varios miembros de seguridad fueron hasta ella y la levantaron a pulso, la llevaron hasta su silla y un médico se acercó.

Joyce lo veía todo borroso, pidió que su pareja se acercase.

—Querida, creo que…

No terminó la frase, comenzó a vomitar y notó que el corazón se le aceleraba, después notó un fuerte dolor en el pecho y su respiración se hizo más profunda.

—¡Hay que trasladarla a un hospital! —gritó el médico.

Los reyes y sus hijas contemplaron la escena con estupor, el presidente con evidente fastidio y la pobre Teresa parecía a punto de desmayarse.

Priscila subió al escenario con Guillermo.

—Mierda, no puede estar pasando por tercera vez —dijo el agente del CNI.

La joven examinó el cuerpo.

—Me recuerda a lo del ruso —comentó al agente.

—¿Qué ruso?

—Sergei no sé qué.

Mientras los invitados iban desalojando la sala, el agente señaló la puerta de atrás.

—Será mejor que hablemos con la forense, puede que tenga alguna pista.

—Mi abuela está aquí. ¿Te importa si viene con nosotros?

—¿Tu abuela? —preguntó extrañado.

—Sí, ella me ayuda en la mayoría de los casos.

—No, que venga.

Librada siguió con dificultad a los dos, entraron en un coche oficial y se dirigieron al Anatómico Forense. Si la tercera galardonada moría, se convertiría en el caso más mediático de los últimos tiempos y eso era precisamente lo que debían evitar.

19. VENENO

La forense estaba examinando el cuerpo cuando entraron.

–¿Quién es esa anciana? –preguntó señalando a Librada.

–Mi abuela.

–¿Piensan que esto es un espectáculo?

–Hubo una época que en las salas de disección cobraban entrada –dijo la anciana.

La forense frunció el ceño, pero al final se giró y comenzó a describir el cuerpo.

–Una increíble atleta, joven y fuerte, una verdadera desgracia.

–¿Cuál es la causa de la muerte?

–Un virus no muy conocido llamado Madburg.

–¿Madburg? –preguntó Guillermo.

–Se le dio ese nombre por la ciudad en la que apareció por primera vez. En 1967, unos trabajadores de la ciudad de Madburg se infectaron de un extraño virus al manipular unas telas. Al parecer habían estado en contacto con un primate africano, más de treinta enfermaron y unos cuatro o cinco murieron.

–¿Sangraron por los ojos, boca y oídos también? –preguntó Priscila.

–Sí, es una de sus características, lo extraño es cómo esta pobre mujer logró exponerse a un virus así –dijo la forense.

–¿Murió exactamente de...? –preguntó la abuela.

La forense frunció el ceño.

–El virus afecta a casi todos los órganos, el cuerpo colapsa en muy pocas horas.

–Entonces, la primera mujer sufrió alucinaciones, aunque no se han hallado sustancias en su cuerpo. La segunda ha sido infectada por un virus. ¿Qué le ha sucedido a la tercera? –preguntó Priscila.

–Debería examinarla, pero por lo que he visto en la televisión, debió ser envenenada o expuesta a un agente nervioso, o a algún tipo de radiación.

En ese momento sonó el teléfono del agente, habló unos segundos y tras colgar comentó al resto:

–Joyce Pitman acaba de morir.

20. OJO DE CRISTAL

La revisión de todas las fichas le llevó un par de horas. Estaba a punto de tirar la toalla cuando su amigo le llevó un pincho de tortilla y un café con leche.

—Muchas gracias, bendita España. Cuando estuve en Nueva York me harté de las hamburguesas esas. Una especie de filetes rusos con un pan dulce.

Nacho saboreó la tortilla con cebolla y después tomó el café.

—¿Has visto algo?

—Todavía no, pero aún me quedan cien fichas.

—No tenemos las bajas actualizadas, ya te he comentado que en los últimos años hay mucha gente que ha dejado de pagar las cuotas, para que así les demos de baja sin que expliquen sus razones para no colaborar.

—Entiendo.

Pelayo echó un vistazo por encima del hombro de su amigo y después se despidió.

—Tengo que ir a una inauguración. ¿Dónde te alojas?

—En una pensión muy céntrica, Casa Carmen.

—La conozco, se come muy bien y la dueña está jamón.

—Sí, jamón, jamón.

—Pues te llamo y quedamos a cenar. Conchita se alegrará de verte.

—Aún recuerdo sus callos, son deliciosos.

Nacho continuó mirando fichas sin descanso, le

quedaba menos de una docena para terminar cuando vio
una que le llamó la atención. Se acercó la fotografía, no era
de mucha calidad, pero sin duda aquel tipo tenía un ojo de
cristal.

—Amancio San Sebastián, nacido en 1921 en Avilés,
hijo de Raimundo San Sebastián e Inés Malvarrosa. Dado
de baja hace un año. Se unió a las milicias anticomunistas
con catorce años.

Cogió la ficha y se acercó hasta el despacho de al lado,
donde se encontraba su otro amigo.

—¿Lo conoces?

—Todo el mundo conoce a Amancio, es un pedazo de
cabrón. Entró en falange siendo un crío, disfrutaba
fusilando gente y dando palizas. Hace un año dejó de pagar
la cuota. Algunos caciques y empresarios le pagan para dar
palizas a obreros díscolos, nosotros ya no hacemos esas
cosas, formamos parte del Estado. Ya me entiendes.

—Es un matón.

—Sí, pero muy peligroso, nadie se atreve a meterle
mano. Le han acusado de violación, agresión, robo y
estupro, pero sus amigos en las altas esferas siempre le
salvan el culo.

—Pues creo que tiene algo que ver con el caso. Tengo
un testigo, un albañil.

—Pues dile que se ande con cuidado, Amancio no
dudará en rebanarle el pescuezo.

—Entiendo. ¿Puedo llevarme la foto?

—Claro, es toda tuya.

—¿Dónde puedo encontrar a este tipo?

—La sidrería Covadonga, en el barrio chino, donde
están los prostíbulos de los marineros. Todas las noches él
y sus compinches cenan allí.

—Muchas gracias. Te debo una.

—Ten mucho cuidado, a ese tipo no le importa una
mierda que seas policía.

—Lo tendré —dijo señalando su pistola.

—Echo de menos los viejos tiempos, toda aquella

camaradería, las banderas y los desfiles, íbamos a cambiar el mundo.

—Yo también —dijo Nacho colocando una mano sobre el hombro de su viejo amigo. Después salió del edificio y pensó que en el fondo no echaba de menos nada de eso. Le habían engañado, siempre intentando enaltecer su sentido patriótico, ahora sabía que la única nación del hombre es él mismo.

21. ESPOSO

Hablaron en el vestíbulo del hotel, la mancha de sangre aún podía verse en la alfombra a pocos metros, pero el marido de Clarise Masuno prefirió hacerlo allí. A su lado tenía las maletas, su vuelo salía en tres horas.

–Gracias por acceder a contestar unas preguntas.

–No sé qué más puedo decirles, ya me interrogó la policía y los servicios secretos.

–A veces ellos y yo no buscamos lo mismo.

–Tendrá que ser breve.

–¿Qué sucedió exactamente?

El hombre miró hacia arriba, como si pudiera volver a ver a su mujer precipitándose por la barandilla.

–Clarise se estaba dando un baño tranquila, yo entré para… bañarme con ella, pero de repente comenzó a gritar, decía que tenía gusanos en el ojo y bajo la piel, me enseñó los antebrazos pero no le vi nada raro. Después salió de la bañera y corrió hacia la puerta, se dirigió por el pasillo hasta allí arriba, estaba completamente desnuda, ella que era tan pudorosa –el hombre no pudo evitar echarse a llorar.

–Lo siento –dijo Priscila algo incómoda, no quería que reviviese todo aquel dolor.

–Se volvió loca, yo creo que le dieron algún tipo de alucinógeno de esos que no dejan rastro.

El hombre se puso en pie, se colocó su gorra y aferró las maletas.

–Vinimos cumpliendo un sueño y ahora regreso solo a casa. No sé qué les voy a decir a los chicos.

El norteamericano se despidió y después arrastró sus maletas pesadamente hacia la puerta, estaba a punto de salir para tomar su taxi cuando se detuvo y se dirigió de nuevo a ella.

–Antes de salir de Los Ángeles, Clarise recibió una nota amenazante, parecía de un activista antivacunas, pero le chocó su mal inglés, como si no fuera anglosajón. El laboratorio suele investigar todas las amenazas y el informático nos comentó que el correo había salido de un cibercafé en Cangas de Narcea.

–¿Se lo ha dicho a la policía?

–Por alguna razón no me he acordado hasta ahora.

Priscila apuntó todo y le dio las gracias. Librada estaba comprobando las imágenes del hotel y del restaurante. Sabía que podía llevarle días, ahora tenían que hablar con los dueños de aquel local y cruzar los dedos, para que ellos también tuvieran cámaras de seguridad.

22. CNI

Guillermo vio el número de su jefe y se echó a temblar. Aquel general de la Guardia Civil era un verdadero hijo de la gran puta. Siempre guardaba la compostura, pero era capaz de mandarte destinado al Congo por menos de nada.

–¿Se puede saber qué mierda estás haciendo? Han matado a tres mujeres en tu cara, qué digo, a tres ganadoras del Princesa de Asturias.

–Don Marcelino Cabezas, lamento lo sucedido. Lo que está sucediendo en Oviedo no es normal. Nos enfrentamos a un verdadero psicópata de una inteligencia superior, no es un asesino cualquiera.

–¡Por los clavos de Cristo, eso me la refanfinfla! Necesito un detenido ya, un sospechoso, estamos dando palos de ciego.

–Sospechamos que es un hombre de mediana edad, muy inteligente y con un trabajo muy por debajo de sus capacidades y que ha desarrollado un odio visceral a las mujeres.

–Eso es una mierda, un crío lo habría hecho mejor. En menos de veinticuatro horas quiero a alguien entre rejas. La prensa nos está crucificando, el presidente me ha llamado hecho un basilisco y hasta el rey parece furioso. Sus hijitas han visto cómo se moría una señora en sus narices.

–Hacemos todo lo que podemos. Es alguien que se ha colado entre el personal. Entre el hotel y el restaurante estamos investigando a unas cincuenta personas, pero mi equipo está estrechando el cerco, tenemos a cinco candidatos y los vigilamos estrechamente.

–Ok, pero tiene veinticuatro horas. ¿Entendido?

–Sí, señor.

–Si la caga, pediré su cabeza y le mandaré a Somalia.

En cuanto colgó el teléfono sintió la boca reseca. Llamó a su lugarteniente y le preguntó.

–¿Estáis vigilando a los cinco sospechosos?

–Sí, aunque yo me decanto por Ceferino Ganadero. Cumple el perfil a la perfección. Cuarenta años, dejó la carrera de ingeniería en segundo y su padre le obligó a que le ayudase como electricista. Lleva dos años en el mantenimiento del hotel. Pudo acceder a las habitaciones.

–¿Aparece en alguna cámara del restaurante?

–No.

–Pues vigilarlo de cerca.

Guillermo colgó el teléfono y se dirigió al piso que usaba como oficina Priscila. Habían llegado al acuerdo de intercambiar información, sabía que estaba arriesgando su culo al colaborar con una civil, pero la mujer conocía mucho mejor que él la ciudad y parecía más que una cara bonita.

Cuando llegó al piso le abrió la abuela.

–Buenas tardes.

–Nos dé Dios –contestó Librada.

–¿No está su nieta?

–Se fue al hotel Reconquista para interrogar al marido de la viróloga.

El hombre se quitó la chaqueta y la dejó sobre un sillón.

–¿Ha visto algo en las grabaciones?

La anciana le mostró en el ordenador algo.

–Mire ese tipo con bigote.

Guillermo consultó su teléfono, tenía la foto de Ceferino Ganadero.

–Es él.

Librada frunció el ceño.

—¿Quién?

—El hombre que estamos vigilando, ya lo tenemos.

—Esa grabación no prueba mucho.

—Prueba que entró en la habitación de la asesinada —
-contestó Guillermo.

—Como la camarera de cuarto y otros miembros del personal.

—Es suficiente para detenerlo e interrogarlo.

—Usted sabrá.

El agente del CNI tomó la chaqueta y se dirigió a la entrada. Al abrir casi se da de bruces con Priscila.

—Perdón.

—¿Dónde vas tan deprisa?

—¿Ahora me tuteas? —preguntó el agente.

—El marido de Clarise me ha contado que antes de llegar a España le llegó una amenaza desde un cibercafé en Cangas de Narcea.

—¿Por qué se iría el sospechoso hasta allí?

Priscila abrió muchos los ojos.

—¿Qué sospechoso?

El hombre le enseñó brevemente la foto.

—Luego te mando sus datos, este electricista cumple perfectamente con el perfil del asesino, voy a detenerlo.

La mujer le comenzó a seguir.

—¿Dónde crees que vas?

—Contigo, quiero escuchar el interrogatorio.

—No estoy autorizado.

—No me vengas con memeces. Compartimos información. ¿Recuerdas?

El agente llamó al ascensor y los dos bajaron hasta la entrada principal en silencio. Antes de que llegaran a la casa de Ceferino para detenerlo, el jefe de los escoltas llamó a Guillermo, el premio Princesa de Asturias de la Concordia había aparecido ahorcado en la habitación de su hotel.

23. FRÍO, FRÍO

La visita en la comisaría fue infructuosa. A pesar de que Nacho tenía plenos poderes para exigir a la policía su colaboración, el comisario se negó en redondo. Era cierto que la relación entre la brigada y la policía nacional no era muy buena, pero los segundos debían siempre aceptar cualquier petición de los primeros.

El agente salió malhumorado del edificio, pasó para cambiarse a la pensión, tomó una cena ligera y se dirigió al barrio chino. No era la primera vez precisamente que se movía en esos ambientes. El de Madrid, Bilbao o Barcelona era mucho más intimidante que el de Gijón, pero le sorprendió el descaro y la degradación de la calle principal y las aledañas. Hasta en Madrid o Barcelona las putas y sus chulos guardaban unas mínimas formas, en Gijón parecía que todo valía. Mujeres en los escaparates medio desnudas, putas asaltando a todo el que se aventuraba por aquellas calles, chaperos, travestis y marineros borrachos.

Nacho no tardó en encontrar la sidrería, dentro del local la gente se dedicaba a comer y beber, pero unas sospechosas escaleras llevaban a la planta superior. Se sentó en una mesa desde la que podía ver a todo el que entraba y salía, pidió sidra y un chorizo frito y se quedó mirando a la clientela. A los cinco minutos se le acercó una hermosa moza rubia.

—Hola amigo, ¿quieres compañía?

—No, estoy esperando a un amigo.

La prostituta se marchó haciendo aspavientos y él se centró en la sidra. Llevaba una botella cuando vio aparecer al hombre del ojo de cristal. Llegó con otros tres matones, todos muy grandes y caras de pocos amigos. Se sentaron en una mesa reservada, cercana a la suya. Pidieron cerveza y sidra y comenzaron a hablar alto.

—Joder, joder, joder. Nunca pensé que fuera tan sencillo.

—Ya os lo dije —comentó el hombre del ojo de cristal—, un chollo.

—Pues volveremos mañana.

—Nadie controla la llegada de tabaco, son las existencias del ejército y casi todos los sargentos se llevan una mordida. ¿Cuánto nos hemos llevado hoy? ¿Cincuenta cartones?

El grupo se fue animando con la bebida y al poco rato se le acercaron cuatro putas, que acabaron sentándose en sus regazos.

—Yo me voy para arriba —anunció el del ojo de cristal. Se subió a una puta y el resto se quedó bebiendo.

Nacho llamó a la rubia que había rechazado y le dijo.

—¿Vamos arriba?

—¿No estabas esperando a un amigo?

—Me he cansado de esperar.

La mujer pidió una llave al camarero y subieron a la primera planta. El pasillo estaba vacío y había cuatro puertas, lo que le dejaba tres opciones. Entraron en la habitación y la mujer se comenzó a desnudar.

—¿Conoces al del ojo de cristal?

—Todo el mundo conoce a Amancio. Es una buena pieza, mejor no meterse con él.

—¿Cómo se llama la chica con la que se ha ido?

—Carolina. ¿No serás un poli?

—No, mujer, soy un viajante curioso, nada más.

—Pues la curiosidad mató al gato —dijo la mujer en

sostén.

—Tengo que mear antes.

—Al fondo del pasillo está el baño.

Nacho salió, miró las dos puertas donde podría estar el hombre y probó la primera, vio a una pareja retozando.

—Perdón.

Abrió la otra, la prostituta estaba de rodillas y el hombre sentado en la cama.

—¿Qué cojones?

Nacho cerró la puerta y sacó el arma.

—Tengo que hacerte unas preguntas.

—No sabes con quién estás jugando.

—¡Puta, vete!

El hombre se guardó el pene y se puso en pie, parecía más grande de cerca.

—¿Hiciste un trabajo en la Universidad Laboral hace unos días?

—Márchate antes de que te haga papilla.

Nacho se lanzó sobre él y le colocó la pistola en la boca.

—Mira escoria, tengo malas pulgas y poca paciencia.

El hombre comenzó a reírse con la pistola entre los dientes.

El agente se cabreó y le disparó en una rodilla.

El tipo se retorció de dolor y comenzó a maldecirlo.

—Serás cabrón.

—Te queda una rodilla, si no quieres que te la arranque de un tiro.

—Nos contrató un pez gordo.

—¿Quién?

—Raimundo Villaverde, el empresario.

—¿Qué os mando que hicierais?

—Llevamos a cinco pobres diablos, unos obreros y los emparedamos. No sé por qué quería hacer algo así, pero nos pagó muy bien.

En ese momento entró un hombre en la habitación, a Nacho no le dio tiempo a girarse, le golpeó en la cabeza y perdió el conocimiento.

24. CAUSA Y EFECTO

La detención de Ceferino Ganadero fue una total decepción. Llegaron a la casa, el Grupo Especial de Operaciones no tardó en reducir al prisionero, pero eso no impidió que otro premiado muriera a las pocas horas.

Marcelino Pinzón se había ahorcado en el hotel, el premio Princesa de Asturias de la Concordia era un exjesuita que había dedicado su vida a los indios chilenos. Nada parecía prever que con apenas sesenta años se fuera a quitar la vida después del reconocimiento a su trabajo y esfuerzo.

Priscila y Guillermo fueron de los primeros en llegar. El premiado se había atado su cinturón y lo había enganchado a la lámpara, se había subido a una silla y había saltado. Nada parecía indicar que había sido inducido u obligado.

Después de identificar el cadáver tuvieron que acudir de nuevo al Anatómico Forense para que analizaran el tercer cadáver. Los muertos, por desgracia, se les acumulaban. Tomaron el coche y se dirigieron al instituto.

—Parece que se trata de un suicidio —comentó Guillermo.

—¿Tú crees?

Justo en ese momento sonó el teléfono de Priscila, era su abuela Librada.

—¿Has visto lo que han subido a Instagram? Ya se ha hecho viral.

La joven miró el enlace y se quedó asombrada. Alguien

había grabado el suicidio, el premiado aparecía con la mirada perdida, como si estuviera hipnotizado, se subía a la silla, se colocaba la correa al cuello y después saltaba. Tras unos segundos de agonía, la cámara enfocaba un papel con un nuevo texto del *Quijote*.

Entre los pecados mayores que los hombres cometen, aunque algunos dicen que es la soberbia, yo digo que es el desagradecimiento.

—¡Joder, estoy empezando a aborrecer el *Quijote*!— -exclamó Guillermo mientras golpeaba el volante.

—¿Estás bien?

—Mañana alguien vendrá a sustituirme, he fracasado estrepitosamente.

—No digas eso, este es el mayor misterio al que me he enfrentado nunca. Puede que Ceferino nos dé alguna pista.

—Pero si estaba detenido cuando sucedió todo.

—Lo que ha pasado es una buena señal, ahora sabemos que no se trata de un único asesino. Son varios, tienen que comunicarse de algún modo. Tener un vínculo que los une.

Cuando llegaron al Anatómico Forense se dirigieron al despacho de Margarita Robles. Esperaban que les pudiera dar algún indicio que les permitiera encontrar al resto de asesinos.

La forense estaba mirando al ordenador cuando los dos investigadores llamaron a la puerta.

—¡Adelante!

Guillermo traía la cara desencajada y Priscila no dejaba de mirar el teléfono.

—¿Se ha enterado? —preguntó el agente.

La forense afirmó con la cabeza.

—Parece cosa de varios asesinos, por lo que veo la persona que se ha suicidado parecía drogado. El grupo tiene acceso a medicamentos y virus. Llevan preparando todo esto meses. No creo que sea un psicópata, es un cenáculo extremista, algún tipo de partido antisistema, antivacunas o algo así.

—Es lo que pensamos nosotros —contestó Priscila.

—¿Quién puede tener acceso a ese tipo de cosas en Asturias o en alguna comunidad autónoma limítrofe? —preguntó Guillermo, que comenzaba a recuperar la compostura.

—El Instituto de Salud Carlos III está construyendo uno en Majadahonda cerca de Madrid, pero hay uno que investiga virus en animales en el Principado, cerca de Cangas de Narcea.

—¡Cangas de Narcea! Justo desde donde se mandó la amenaza a Clarise Masuno.

—Tenemos que ir allí —dijo Guillermo.

Los dos salieron del despacho y mientras se dirigían al laboratorio, Priscila le mandó un mensaje a Librada para que investigara más sobre aquel sitio.

—¿Piensas que encontraremos más respuestas en el laboratorio?

—Eso espero —contestó Guillermo.

El agente condujo lo más rápido que pudo. El teléfono no le dejaba de sonar, pero hizo caso omiso.

Priscila miró su teléfono y vio que su abuela le había enviado un audio.

Cariño, he estado mirando, el director es José Ángel Martínez, al parecer es uno de los que más se ha opuesto a la vacuna contra el COVID 19. El laboratorio depende del Principado de Asturias y no del gobierno central, por lo que, aunque han pedido su dimisión varias veces, sigue manteniéndose en su puesto.

Los dos se miraron al escuchar el audio. Sabían que estaban detrás de la mejor pista que habían tenido en los últimos días, pero no querían confiarse, no tenían ni una sola prueba contra aquel hombre y no sabían si dirigía algún tipo de organización bioterrorista.

Los prados dejaron lugar a los valles más escapados, una hora y media después se aproximaban al pueblo, Librada les había enviado la ubicación. El conjunto de edificios se encontraba a unos pocos kilómetros de

Cangas, los dueños eran una farmacéutica alemana y el Principado que había cedido las antiguas oficinas de una mina y el terreno aledaño.

En la puerta ponía el nombre de la empresa y había una garita con un vigilante.

—Buenas tardes, soy Guillermo Bocanegra, agente del CNI y quería hablar con el director del centro.

El guardia jurado dejó el bocadillo de chorizo que estaba comiendo y miró con curiosidad a la pareja. Después examinó la identificación y con la boca manchada de aceite le contestó:

—Esperen un momento.

A los cinco minutos abrió la puerta, les dio unas acreditaciones y les pidió que aparcasen cerca de la garita.

Mientras se dirigían hacia el laboratorio no podían dejar de pensar que estaban cerca de la persona que había llevado a cabo todos aquellos monstruosos asesinatos.

25. VISITA A LA LABORAL

Úrsula se presentó en la habitación de Librada con un vestido de flores y arreglada, su amiga la miró de arriba abajo y le preguntó a dónde iba.

–¿No te acuerdas? Hoy nos habían preparado una visita a la Universidad Laboral.

–Pero, Priscila no puede venir, se me olvidó avisarte para que suspendieras la visita.

–El exalumno nos ha preparado una sesión privada – refunfuñó Úrsula.

–Está bien, me vestiré e iremos nosotras dos.

Librada se puso unos pantalones, no los había usado de joven, pero ahora se sentía más cómoda con ellos, un jersey rosa y una chaqueta.

–¿Cómo vamos a ir hasta allí?

–Lo tengo todo previsto –dijo su amiga mientras apretaba un botón de su teléfono.

–No me digas que has alquilado un coche de esos por internet.

–Sí –respondió Úrsula con na sonrisa.

–Qué moderna.

–Vamos que aquí me pone que nos espera en la puerta.

Las dos mujeres se dirigieron a la entrada y vieron un coche de color azul oscuro. Entraron cada una por una puerta y el conductor las saludó. Era un hombre calvo con barba, les preguntó con acento chileno si querían agua o que bajara el aire acondicionado.

—Igualito que un taxista —dijo Librada y las dos se echaron a reír.

El coche no tardó mucho en llegar a la Universidad Laboral, todavía quedaban varias horas para que se hiciera de noche, pero la luz de la tarde y una ligera niebla daban a aquel lugar un aspecto fantasmagórico.

—Esto me recuerda a mi visita a Santa Tecla, se me pusieron los pelos de punta —dijo Librada mientras se acercaban con paso lento hasta la iglesia.

Un hombre delgado con un traje que le quedaba demasiado grande las esperaba en la entrada. Subieron los peldaños y las saludó.

—Buenas tardes, soy Raúl López. ¿Usted es Úrsula? ¿Verdad?

—No, es ella —dijo Librada señalando a su amiga.

—Perdón, gracias por llegar tan puntual, hay mucho que ver y nos quedan menos de dos horas.

—Yo no creo que aguante tanto de pie —dijo Librada.

—Podemos hacer algunos descansos, no se preocupen.

El hombre debía rondar los ochenta años, pero se le veía en plena forma.

—¿Usted estudió aquí?

—Sí, claro —contestó a Librada—, en una de las primeras promociones y después me quedé como aprendiz de electricista y me ocupaba del mantenimiento. En 1980 me marché cuando cerraron el centro. Creo que fue un error, de aquí salieron miles de críos que se incorporaron en el mercado laboral, pero para muchos representaba un monumento de la dictadura.

Caminaron hacia la iglesia y el hombre abrió una puerta lateral con una pesada llave. Los goznes chirriaron, pero la hoja se abrió con facilidad.

Raúl apretó varios interruptores y se alumbró la gran capilla.

—Es espectacular —dijo Librada.

—Ya te lo decía —contestó su amiga.

—Menudo techo y que forma tan extraña tiene.

–Es muy original, única en el mundo, pero también llena de leyendas y maldiciones, como la de los espíritus de los cinco hombres emparedados que se descubrieron el día de su inauguración y consagración.

–Me encantan las historias de fantasmas –le respondió Librada.

El hombre les narró el descubrimiento de los cadáveres, las paredes arañadas por las uñas y el escándalo que produjo el hallazgo.

–¡Dios mío! ¿Se descubrió quién había hecho esa atrocidad? –preguntó Úrsula, que había escuchado aquel relato unos años antes, pero siempre había pensado que se trataba de una leyenda.

–Vengan, las llevaré al lugar exacto.

Caminaron hasta una escalera en espiral que estaba en un lateral de la capilla y el hombre señaló una pared con la pintura algo desconchada por la humedad.

–Aquí se encontraron los cuerpos, los jesuitas que llevaban la universidad en aquella época ordenaron que se volviera a cerrar el agujero.

Las dos mujeres examinaron la pared, estaba fría y húmeda.

Tras ver la capilla se sentaron en un banco.

–¿Sabe algo de unos experimentos que se realizaron a varios niños en los primeros años, entre el 1955 y 1965?

Raúl frunció el ceño y se puso en pie.

–No sabía que venían por ese asunto. Es absurdo, un periodista sacó el mismo tema en los años ochenta, pero nunca se pudo demostrar nada. Los padres jesuitas y las monjas clarisas nos trataban muy bien. Nuestros padres habían matado religiosos como ellos, pero jamás nos lo reprocharon, nos trataron como a verdaderos hijos.

–Lo que hicieron, me temo, fue lavarles el cerebro.

–Franco también hizo cosas buenas. ¿Es tan difícil de entender? –preguntó furioso el hombre.

—Hasta el diablo en algunas ocasiones parece que hace buenas obras, pero siempre tiene una intención oculta —dijo Librada.

—Se ha hecho tarde, será mejor que dejemos el resto de la visita para otro día —comentó el hombre.

Librada miró los ventanales, todavía era claramente de día.

—No nos hemos desplazado hasta aquí para no ver nada. Quiero que nos enseñe el edificio lateral.

Raúl se cruzó de brazos.

—Pensaba llevarlas al auditorio y la torre, ese edificio no tiene ningún valor artístico. Es el antiguo orfanato.

Úrsula se puso en pie y le pidió por favor al hombre que las llevara hasta allí.

Salieron de la iglesia y se encaminaron al edificio, el hombre iba unos pasos por delante refunfuñando.

—No pretenderán sacar un artículo con esa basura.

—¿Tenemos pinta de periodistas? —preguntó Librada.

—No sé cómo son las periodistas.

Entraron en el edificio y el hombre fue encendiendo luces. Visitaron los baños, el comedor y los pabellones que servían de habitaciones para los chicos.

—Creo que en la última planta había una especie de clínica —dijo Úrsula.

—No era una clínica —le corrigió el hombre—, se trataba de unas camas para los niños enfermos.

—¿Usted estuvo allí alguna vez?

—Sí, claro, en aquella época la tuberculosis hacía estragos.

Llegaron hasta la última planta y examinaron el lugar, aún quedaba alguna cama oxidada y un par de armarios de cristal.

—Debieron hacerlo aquí —aseveró Librada.

—¿El qué hicieron aquí? —preguntó Raúl.

—Los experimentos con niños.

Mientras lo verbalizaba, Librada no pudo evitar sentir un escalofrío que le recorrió toda la espalda.

El premio

3ª PARTE: RADICAL

26. MILAGRO

Pensó que no volvería a despertar jamás y en el fondo no le importaba. Sin familia ni casi amigos, su existencia era tan anodina como prescindible. Notó un fuerte dolor en la cabeza y comprobó que la prostituta rubia tenía su cara a pocos centímetros de la suya.

—¡Qué demonios!

—Está vivo, pensé que ese animal lo había matado.

—¿Qué ha pasado?

—No lo sé, dígamelo usted. Lo hemos encontrado inconsciente.

Nacho se tocó el chichón con cuidado y dio un gemido.

—¿Quiere que llamemos a alguien?

—Estoy bien —dijo el agente mientras se incorporaba. Se sintió un poco mareado y se tambaleó.

—Será mejor que se quede quieto y tome un poco de aguardiente —dijo la prostituta.

—Me tengo que ir de inmediato.

Al final se puso en pie, comprobó si tenía el arma reglamentaria pero se la habían quitado.

—¡Serán hijos de Satanás!

—Yo no le he quitado nada —se excusó la mujer.

El hombre sacó unas pesetas y se las entregó.

—Por las molestias.

Bajó la escalera, ya no había clientes en el salón, debía

haber estado inconsciente un buen rato. Se dirigió a la pensión y cuando subía hacia su habitación Carmen le salió al encuentro. Al ver la sangre en la camisa se alarmó.

—¿Te encuentras bien?

—Sí, no es nada. Únicamente necesito descansar y darme una ducha.

—Aprovecha que ahora te saldrá caliente.

El hombre entró en el baño, se quitó la ropa y se quedó un momento sentado al filo de la bañera. No había conseguido detener al hombre del ojo de cristal, pero al menos sabía quién le había contratado. Al día siguiente le haría una visita. Sabía que no podía confiar en nadie, estaba solo en esto. Por un instante pensó en cerrar el caso y largarse. No se le había perdido nada en Gijón y Asturias, además, por lo que había entendido, las víctimas eran unos operarios sin importancia. El caso olía fatal, las peleas entre las diferentes familias del régimen eran constantes, cada uno quería su parcela de poder y dinero, los que se pasaban de listos eran expulsados o eliminados.

En cuanto se tumbó en la cama cayó en un profundo sopor, soñó con Mercedes, el amor de su vida, la novia que le esperaba para cuando terminara la guerra. Ella le esperaba en Burgos, un día se produjo un bombardeo, la pilló en la calle mientras iba a comprar y la mató en el acto. Aún recordaba sus vivarachos ojos negros, las pecas en la nariz, el pelo rizado y negro, sus dientes blancos y su hermosa sonrisa. Después de todo este tiempo, en la tumba en la que descansaba en Burgos, sería apenas un amasijo de huesos con algo de pellejo por encima. La enterraron con el vestido de novia: se iban a casar poco tiempo después.

Por la mañana le dolía todo el cuerpo, en especial la cabeza, tomó una aspirina y desayunó unos churros que había traído Carmen para mimarlo un poco.

—Gracias moza, me tienes como un rey.

—¿No me vas a contar lo que pasó ayer?

—Gajes del oficio, pero estoy bien. ¿Conoces a un tal

Raimundo Villaverde? Por lo visto es un empresario famoso de Gijón.

—Aquí todo el mundo le conoce. Su familia era ganadera, pero su padre se hizo rico con la fabricación de sidra. Ahora tienen el conglomerado de empresas más importantes de Asturias. Hasta una farmacéutica.

—Un pez gordo, según veo.

—No, el pez gordo, todos los demás son chicos a su lado. Vive con su familia en el palacio de la Rega.

—Gracias, eres mi talismán —comentó mientras la agarraba de la cintura y ella comenzaba a dar grititos.

Se colocó con cuidado el sombrero sobre el chichón. Después tomó el coche y le preguntó a un policía de tráfico cómo llegar al palacio.

En cuanto se paró enfrente, y observó el palacio de piedra con vistas al mar y la ciudad, intuyó que no sería fácil amedrentar a su dueño.

En el portalón había un guarda, le pidió que avisara a su señor, esperó pacientemente mientras observaba unos manzanos cercanos. El guarda regresó a los pocos minutos y le hizo pasar, le acompañó hasta la entrada y le dejó en manos de una doncella. Esta le llevó hasta la biblioteca.

—El señor vendrá en un momento.

Nacho comenzó a mirar las estanterías hasta el techo, unas escaleras llevaban a un segundo piso de librerías.

—¿Le gustan los libros? —escuchó una voz a su espalda—. A mí no, pero venía con la casa. Yo no heredé todo esto, lo he comprado con el sudor de mi frente, ¿señor...?

—Ignacio Etxebarría de la Brigada Político Social.

—Encantado —dijo mientras se sentaba en una butaca y le dejaba a él de pie.

—Lo mismo digo.

—¿En qué puedo ayudarlo? El tiempo es oro, ya lo sabe.

—Usted es uno de los hombres más ricos de Asturias.

—Me ofende, veo que no ha hecho los deberes antes de venir. Soy el hombre más rico de Asturias y el tercero más rico del norte de España, me gana por poco un bilbaíno y un santanderino.

–Entonces imagino que tendrá intereses en muchos sitios.

El hombre sonrió y se le quedó mirando.

–¿Tiene alguna enemistad con el ministro Girón?

–No, los ministros vienen y van, la gente verdaderamente importante es la que coloca o quita a esos políticos. Dicen que en España ahora gobierna Franco y que no hay partidos, en parte es cierto, pero hay facciones, familias, que quieren dividirse y turnarse en el poder. A gente como yo no nos importan esas minucias, ya me entiende.

–Lo que no entiendo es qué mensaje quería enviar al ministro o a los falangistas o a quien quisiera advertir emparedando a cinco pobres infelices.

La cara del millonario apenas se altero.

–¿Me está acusando de algo?

–No, Dios me libre, simplemente les estoy hablando en un supuesto.

–Yo no haría un trabajo tan poco fino, a no ser que el que deba recibir el mensaje sea un zopenco que no se aviene a razones. Si levanto el teléfono y llamo al ministro de Gobernación y le comento que ha venido un agente a acusarme, no duraría ni cinco minutos en su puesto.

Nacho se sentó enfrente, para asegurar a aquel tipo que no iba a irse con las manos vacías.

–Pero no lo va a hacer. ¿Cierto?

–Por ahora me divierto con todo este asunto.

–He interrogado a su matón y ha confesado.

–No sé de quién me habla.

–Podría testificar contra usted en un juicio.

–¿Acaso lo ha detenido?

El policía negó con la cabeza.

–¿No ha leído las noticias?

El millonario le arrojó un periódico al regazo, el agente comenzó a ojearlo y leyó la siguiente noticia.

"Encuentran los cuerpos sin vida de cinco individuos

en un coche que se precipitó por un barranco".

—No tardarán en identificarlos, pero si tiene dudas le diré que uno de ellos es Amancio San Sebastián.

Nacho intentó guardar la calma, pero sus manos arrugaron el periódico, lo dejó a un lado y se puso en pie.

—Muchas gracias por su tiempo.

El agente salió del despacho con una mezcla de impotencia e irritación. La gente como aquella era la que echaba a perder los países. Millonarios que siempre estaban por encima del bien y del mal. La única forma que tenía de enterarse de por qué aquel tipo había inducido aquel crimen era visitando de nuevo al ministro Girón.

27. ASESINO

Priscila salió del coche y siguió a Guillermo, la persona de recepción les indicó que subieran hasta la última planta y allí les atendería la secretaria del señor José Ángel Martínez. Siguieron las instrucciones al pie de la letra y en cuanto el ascensor se abrió, una joven rubia con una falda ajustada y una blusa gris brillante los llevó hasta el despacho de su jefe.

—No se sorprendan con lo que vean. El señor José Ángel es muy especial.

Al abrir la puerta observaron montañas de libros apilados hasta el techo, donde apenas quedaba un pequeño pasillo hasta la mesa atestada de volúmenes.

—Señor, aquí están.

—Gracias María, ya me hago yo cargo.

Priscila y Guillermo tuvieron que apartar varios libros de las sillas para poder sentarse.

—Perdonen que sea tan directo, pero ¿qué desean? Dirijo un laboratorio de máxima seguridad y no tengo demasiado tiempo.

Guillermo quería ir al grano, pero Priscila le advirtió que la única forma de descubrir algo e intentar incriminar a aquel tipo era alimentando su ego. La joven había pedido a la forense el nombre del virus que habían encontrado en el cuerpo de la tercera víctima.

—Nos han comentado que usted es el mayor experto del mundo en virus y quería consultarle que hemos descubierto en el cuerpo de una persona, Alexandra Manzano, la mujer que iba a recibir el premio Princesa de Asturias de Deporte, una cantidad alta de un virus llamado de Madburgo. ¿Lo conoce?

El hombre se ajustó las gafas, tenía la cara redonda con grandes mejillas rosadas, el pelo escaso, negro y muy lacio.

—El virus Marburg pertenece a la familia de los virus *Filoviridae* y de la especie de los *Marburg marburgvirus*. Es una rara fiebre hemorrágica viral. El enfermo se pone rojo y le salen unas manchas moradas que le sangran, en ocasiones también lo hacen por las mucosas.

—¿Se han producido casos en Europa? —preguntó Guillermo.

—El virus viene de África, aunque se descubrió en Alemania en los años sesenta, en agosto de 1967 para ser exactos, cuando treinta personas enfermaron en Marburg y Frankfurt, luego encontraron otros casos en Belgrado y Serbia. En total murieron siete personas.

—Entonces, ¿es extremadamente peligroso y mortal? —preguntó Guillermo.

—Sin duda, mucho más que la COVID19 que es una mala gripe. Este virus produce en más del 25 por ciento de los casos un shock hemorrágico grave.

—¿Cómo se produjo ese brote?

El hombre miró a Priscila, parecía estar disfrutando con su exposición.

—Bueno, los empleados de las ciudades alemanas trabajaban en una planta que fabricaba sueros y vacunas, por eso ahora los procesos de control y seguridad son mucho más estrictos. Lo trajeron unos monos de Uganda, y estos se lo contagiaron a los trabajadores del laboratorio.

—¿Se han producido otros brotes?

—Sí, señorita. Desde 1967 ha habido al menos otros once en total, se controlaron a tiempo, gracias a Dios.

Guillermo comenzaba a impacientarse.

—¿Cómo pudo enfermarse la deportista?

—Puede que estuviera en contacto con animales salvajes

en alguno de sus viajes.

—¿Ustedes tienen aquí ese virus? —preguntó a bocajarro Guillermo.

—Claro, este es un laboratorio P3, es cierto que no somos un P4, pero tenemos tanta seguridad o más que cualquiera de los que hay por Europa. Mire lo sucedido en China con el COVID19. Unos científicos chinos lo manipularon y de alguna manera se les escapó del laboratorio. Es lo peligroso de querer jugar a ser Dios.

El agente iba a lanzar una nueva pregunta, pero Priscila le agarró el brazo.

—Muchas gracias, haremos noche en el pueblo, ¿podríamos consultarle otro asunto mañana?

El director del laboratorio se puso en pie, su enorme volumen se desplazó hasta ellos.

—Los españoles ignoran en su mayoría los grandes científicos que tenemos aquí. Este lugar es un lujo, pero lo tienen que financiar los alemanes. Estoy a su entera disposición.

—Muy amable —le contestaron después de despedirse.

En cuanto estuvieron de nuevo en el coche Guillermo hizo varias llamadas. Pidió al CNI que pincharan las llamadas de aquel tipo, espiaran su ordenador y le rastrearan, necesitaba conocer todo de él, incluso de qué color hacía las heces.

Buscaron una pensión en la que quedarse y después fueron al cibercafé del que había salido la amenaza.

El cibercafé era un bar cutre en la planta baja, una escalera subía a la primera planta donde una docena de ordenadores, con pantallas obsoletas y teclados con restos de café y refrescos, se alineaban en la pared del fondo. Tras la barra había un hombre mulato, los miró con cierta indiferencia cuando se acercaron a la barra.

—¿En qué puedo ayudarlos?

Guillermo enseñó su identificación.

—El CNI, eso es como la CIA. ¿Verdad?

—Más o menos. Necesitamos ver las grabaciones de la

tienda.

—Tenemos una cámara arriba y otra abajo.

—¿Podría enseñarnos las imágenes que apunten a esta IP?

El hombre miró el número.

—No sé cuál es. Les dejo que vean la grabación.

—Yo lo comprobaré —dijo el agente. Miró la IP de todos los ordenadores y una vez que tuvieron claro de cuál se trataba entraron en el cuarto trasero para ver las grabaciones.

—¿Quieren tomar algo? Por lo menos hagan gasto.
—Dos Coca Colas.

El hombre les dejó las latas sin abrir sobre la mesa y siguió a la suyo.

—Si calculamos bien las fechas, el mensaje se envió justo hace una semana —comentó Priscila.

Buscaron la grabación de aquel día, desde las ocho de la mañana que abría el establecimiento hasta las diez de la noche. A pesar de que lo pasaban a cámara rápida, tardaron más de una hora. Comprobaron que en aquel ordenador se habían sentado dos personas. Hicieron una captura de imagen y salieron para enseñárselas al hombre.

—Esta es una chica que estudia en Oviedo y viene a casa de vez en cuando, pero este otro es un cliente habitual, Eric, no tiene muchas luces, siempre está con esas cosas de las conspiraciones.

—¿Sabe dónde vive?

—En la casa azul, se ve desde lejos, justo al final del pueblo, su abuela alquila habitaciones.

Los dos se miraron sorprendidos, José Ángel Martínez era un hueso duro de roer, pero si lograban dar con aquel joven, las cosas serían mucho más sencillas.

Se preguntaban: ¿Quién es el verdadero asesino? ¿La persona que empuña la pistola o la que anima a matar? El inductor era tan culpable como el ejecutor y ambos eran los autores del crimen.

28. EN MISA Y REPICANDO

Juan Bueno llevaba semanas sin salir del palacio episcopal, no había querido ponerse ni con el papa cuando le llamó personalmente desde el Vaticano. No podía dejar de pensar en una cosa, en Priscila. Estaba dispuesto a dejarlo todo por ella, aunque no estaba seguro de si ella le correspondía.

Miró por el visillo de la ventana, la plaza parecía tranquila, apenas había transeúntes y no era de extrañar, además de la niebla y el frío, la gente temía toparse con el asesino que estaba exterminando a todos los ganadores del Premio Princesa de Asturias. Aquellas cosas no pasaban antes en Asturias y menos en Oviedo.

Al final se atrevió a tomar el teléfono y llamarla, pero le saltó el contestador. Colgó y comenzó a darle vueltas a todo de nuevo.

Si dejaba el pastorado a qué podía dedicarse. Nunca había hecho otra cosa. Sabía que era capaz de empezar de nuevo, pero para conseguirlo necesitaba el apoyo de Priscila, de lo contrario no merecía la pena ni intentarlo.

Por otro lado, se sentía culpable, se preguntaba si estaba dejando a Cristo por una mujer. ¿Realmente la amaba o era pura pasión? Después de lo que había sucedido con Eduardo Candado y su familia Arcoíris no le cabía la menor duda.

Se puso los zapatos y se dirigió al aparcamiento, tomó el coche y salió hacia Gijón, si alguien podía aconsejarlo y decirle toda la verdad era Librada, ella conocía mejor que nadie a su nieta.

En apenas media hora se plantó en la residencia. Ya habían servido la cena y la mayoría de los usuarios se encontraban en sus habitaciones. Llamó a la puerta y esperó antes de entrar.

—¿Eres tú, Úrsula? Esta noche estoy demasiado cansada, he andado más que en el último año y ese señor tan desagradable... Creo que lo mejor es pasar toda esta información a un periodista y santas pascuas.

Cuando asomó la cara de Juan Bueno, la mujer se sobresaltó.

—¡Joder! Me ha dado un susto de muerte. ¿Qué haces tú aquí? Con la iglesia hemos topado.

—Venía a hablar en son de paz.

La mujer frunció el ceño.

—Ya sabes que no me fío de nadie con sotana y menos de un obispo.

—Ya no soy, bueno sigo siendo pero no ejerzo, estoy en un periodo de reflexión.

—Tú lo que estás es encoñado como nieta.

—Estoy enamorado.

—Ya me conozco yo esas cosas, los hombres con lo único que sientes es con eso —dijo señalando la entrepierna del hombre—, mucho más a aquellos a los que se les ha prohibido hacer el amor, como dicen los cursis.

El obispo se sentó enfrente de la mujer.

—¿Cree que su nieta me ama?

—No puedo hablar de eso contigo, son cosas personales.

—No le pido que me cuente nada, únicamente me interesa su opinión.

La mujer dudó por unos momentos.

—Es difícil saber lo que ronda por la cabeza de mi nieta, pero eres lo más parecido que ha tenido al amor y eso ya es mucho decir. A pesar de ser obispo y fornicario, me caes bien, la verdad, será por el apellido. Nunca te he contado que el párroco que teníamos en mi barrio se llamaba Mateo Malo y con un apellido así, la verdad es que no daba ninguna confianza.

—¡Gracias! —contestó entusiasmado el hombre.

—De nada —respondió la anciana confusa, no pensaba que hubiera dicho ni hecho nada significativo.

—¿Sabe dónde está Priscila?

—Resolviendo un caso en Cangas de Narcea.

—¿El de los ganadores asesinados?

—Esa es información confidencial.

Juan se tomó aquella respuesta como un sí, se fue hasta su coche y puso rumbó a Cangas de Narcea, tenía que hablar con ella de inmediato, ya no podía soportar más aquella   incertidumbre.

29. MENTIRAS

La abuela los recibió en bata. Llevaba el pelo completamente teñido de azul, lo que resaltaba sus rasgos. Parecía una mujer decidida a la que no le importaba demasiado lo que la gente pensase de ella.

–¿Qué se les ofrece?

–Soy Guillermo Bocanegra, agente del CNI y mi ayudante. Necesitamos hablar con su nieto.

La mujer frunció el ceño.

–¿Ha hecho alguna barrabasada con el ordenador?

–Que nosotros sepamos no, únicamente queremos hacerle algunas preguntas. ¿Es mayor de edad? –preguntó Priscila.

–Sí, ya tiene más de veinte, aunque no es como el resto, siempre fue especial. La gente del pueblo dice que es tonto, pero de tonto no tiene un pelo. Sacó una nota muy alta en un test de inteligencia, pero le cuesta relacionarse con la gente.

–¿Podemos entrar?

–Sí, claro.

–¿Está… Eric?

–En su cuarto, como siempre. Trabajó en el supermercado del pueblo, pero ahora se encuentra en paro y se pasa todo el día con el ordenador, cuando se terminan los datos se marcha al cibercafé, además aquí el wifi va regular.

Los acompañó hasta la habitación, llamó a la puerta,

pero el chico no contestaba. Abrió y no había nadie dentro, pero la ventana estaba abierta.

—¿Dónde habrá ido tan tarde?

—¿Podemos echar un vistazo? —dijo Guillermo señalando el ordenador.

—Es privado, pero bueno. Si eso le saca de algún lío a mi nieto.

Priscila se acordó de su abuela y sintió lástima por la pobre mujer.

Guillermo consiguió acceder, registró los buscadores y los archivos, entonces encontró un chat: "Los amigos del famoso hidalgo Don Quijote de la Mancha". En España se necesitan menos Sanchos y más Quijotes.

Los dos se miraron. El chat era privado y únicamente se podía entrar con la invitación de un socio. La única información a la que se podía acceder era al número de usuarios, en ese momento había cinco activos.

—Las frases del Quijote y ahora esto. ¿Qué mierda significará? —se preguntó Priscila.

—José Ángel Martínez ha creado este chat para convencer a gente para que haga lo que él quiera. Mandaré la dirección al CNI para que lo investigue, descubra a todos los usuarios e intente inculpar a Martínez.

—¿Dónde crees que ha ido el chico? —preguntó Guillermo.

—A la casa del virólogo.

Mientras Guillermo pedía a su gente la dirección del virólogo, se dirigieron al coche. Debían acabar con esa pesadilla aquella misma noche, no podían permitir que muriera ni una sola persona más por la locura de aquel individuo.

Le llegó un mensaje al móvil y Guillermo metió la dirección en el GPS del coche.

—Estamos cerca, a unos veinte minutos, al parecer ese loco vive en una casa en la cima de la montaña.

—¿Está casado?

—No creo —contestó Guillermo mientras aceleraba el

coche, notó un hormigueo en las manos que siempre sentía cuando estaba de caza, aquella pieza mayor no se le podía escapar.

30. SEÑOR MINISTRO

El ministro Girón se marchaba al día siguiente, al parecer ya había comido suficiente carne, fabes y bebido sidra para rellenar un tonel gigantesco. Al principio pensó que no lo recibiría, pero debía estar deseoso de averiguar si había descubierto algo.

—Agente, me pilla de salida. Ya no puedo demorar mi regreso a Madrid, el generalísimo me ha llamado.

—No creo que tardemos más de cinco minutos.

—Perfecto —dijo el hombre mientras colocaba los brazos en forma en jarra.

—¿Conoce al empresario Raimundo Villaverde?

—Villaverde es un hijo de puta de marca mayor, no sé si con eso se hace una idea.

—Pero ¿tiene alguna animadversión hacia usted?

Girón sonrió y sus dientes de lobo feroz sobresalieron de su inmensa boca.

—Raimundo es muchas cosas, pero también es promotor inmobiliario, quería que le concediéramos la construcción de la Universidad Laboral de Gijón y todas las demás, pero yo me negué.

—¿Por qué?

—Es un monárquico y un capitalista de mierda. ¿Le parece poco?

—Sí, la verdad.

—Raimundo después de eso me la tiene jurada, presiona

a otros ministros para que hablen mal de mí al caudillo, pero él me conoce bien y sabe que soy leal.

—Comprendo.

—Yo no me aferro al puesto, todo lo hago por España, pero ¿quién va a defender a los trabajadores si yo no estoy en el ministerio? A esos tecnócratas se la refanfinfla los obreros, pero nosotros debemos tenerlos de nuestro lado.

—Raimundo ordenó matar a cinco obreros y emparedarlos.

—No me lo llego a creer. ¿Qué daño podría hacerme eso?

—Obligarlo a dimitir.

El hombre se encogió de hombros.

—Pues lo tiene claro.

—Esos cinco hombres, a los que ya han logrado identificar, trabajaban para la CPCS. ¿Le suena?

—No me gustan las siglas.

—Pues yo se las descifro. Cooperativa de Promotores de la Costa del Sol, una empresa llamada Monteros SA de la que su mujer es accionista mayoritaria. Creo que esto trata de dos lobos que querían pescar en el mismo estanque, en Marbella y la costa malagueña.

Girón se puso muy serio de repente.

—Usted es un soplagaitas, hablaré con el ministro de Gobernación para que lo destituya de inmediato.

—Usted no hará eso, mandaré toda la información a los periódicos.

El hombre comenzó a reírse a carcajadas.

—No me refiero a los españoles, ya sé que esos los controlan sus amigos. Imagine cuando le digan al caudillo que un ministro corrupto aparece en todos los periódicos de Europa.

—¡Usted es un comunista!

—¿Comunista? Lo único que quiero es que alguien pague por lo sucedido. Esos pobres obreros, a los que supuestamente usted tanto defiende, no tenían culpa de nada.

–No entiende la política, agente. Es necesario a veces sacrificar peones, caballos o incluso torres, para poder ganar la partida.

–Me da asco la gente como usted –dijo Nacho. Se puso de pie y se largó.

El ministro comenzó a maldecirlo y amenazarlo, pero él ya se encontraba muy lejos de allí.

31. CARRETERA

Juan Bueno casi dobló el límite de velocidad en mucho de los tramos hasta Cangas de Narcea. Había llamado varias veces a Priscila pero sin obtener respuesta y estaba comenzando a preocuparse.

Había comprobado que en el pueblo no había demasiados lugares en los que alojarse una noche, la mayoría eran casas rurales, menos el hotel El Molinón. Allí se dirigía a toda velocidad.

Llegó al pueblo y aparcó cerca del hotel, entró en el bar que había justo debajo y preguntó en la barra.

—¿Han alquilado dos habitaciones un hombre y una mujer forasteros?

El dueño del establecimiento frunció el ceño y le preguntó:

—¿Es el inspector Kojak?

—Es un asunto importante.

—Sí, pero no han venido todavía, espero que no se marchen sin pagar.

—Quiero una para mí. Le pagaré en efectivo.

Juan sacó dinero y le pagó la habitación.

—Me pone también un bocadillo de oreja y una Pepsi.

El dueño le sirvió el bocadillo y la bebida y se sentó a cenar. Volvió a llamar, pero sin resultado, pero al final recibió un mensaje.

"Juan, estoy en medio de una misión. Ya te llamaré."

Se quedó algo más tranquilo y se puso a mirar la

televisión, después se lo pensó mejor y le mandó un mensaje.

"Estoy en Cangas de Narcea. Tenemos que hablar."

Se lo pensó un segundo y después lo envió.

Al terminar el bocadillo se subió a la habitación y se tumbó en la cama vestido. Estaba empezando a quedarse dormido cuando sonó el teléfono. No reconoció el número pero de todas formas contestó.

—¿Dígame?

—Juan, soy Librada, estaba mirando unas cosas para mi nieta y he descubierto algo inquietante. Me mandó la dirección de un chat. Al parecer era sobre el *Quijote*. Su amiga la informática ha logrado entrar. Al parecer, el creador del chat ha puesto a todos sus seguidores un mensaje misterioso. Te lo reenvío. La estoy llamando, pero no me lo coge.

—¿Sabe por qué vino hasta aquí?

—Por un virólogo llamado José Ángel Martínez.

—Ok, intentaré dárselo en persona.

Colgó y al poco rato recibió el mensaje.

"Venid todos al Haus Wachenfeld."

—Esto parece alemán —se dijo mientras lo buscaba en internet.

Al final encontró que era el nombre antiguo de la casa de Hitler en los Alpes bávaros.

Después buscó dónde estaba el laboratorio del virólogo.

—Aquí no puede ser: El Berghof, una casa de campo.

Al final se decidió a bajar y preguntar al dueño del hostal. El hombre se cruzó de brazos al verlo llegar.

—¿Me permite una pregunta?

—Eso es ya una pregunta.

—Pues dos. ¿Sabe dónde vive José Ángel Martínez, el director del laboratorio?

El hombre se lo pensó antes de contestar.

—¿Para qué quiere saber eso?

—Es un asunto muy importante.

—Bueno, vive en la cima de la montaña. La carretera serpenteante al salir hacia León. No hay pérdida, el camino termina justo allí. El edificio era una casa de caza de un rico, pero estuvo abandonada mucho tiempo hasta que ese hombre la reformó. No se le ve mucho por el pueblo, es un tipo muy particular, pero gracias a él está el laboratorio. Muchos tienen miedo de que se les escape un virus. A mí no me importa, la verdad.

Juan Bueno salió del bar y se dirigió al coche, tenía un mal presentimiento y prefería asegurarse de que no le sucediera nada malo a Priscila.

32. EN LA CIMA

La casa estaba justo en la cima de la montaña. Anochecía a medida que ascendía. Las curvas eran tan cerradas que a veces la rueda parecía colgar literalmente en el vacío.

–Ve más despacio. No tenemos prisa –comentó Priscila algo mareada.

–No quiero que se escape.

–¿Por qué iba a escaparse?

–Eric le advertirá que hemos estado en su casa y ya no será muy difícil unir el resto de los cabos. ¿No crees?

–No le ha dado tiempo a escapar y esta es la única carretera que comunica con el valle. Lo que deberías es pedir refuerzos. Ese tipo ha demostrado ser muy peligroso.

–Sin duda lo es, pero no puede hacer nada. Lo tenemos cogido de las pelotas.

–Ese tipo tiene virus mortales, radiación y otras lindezas. Creo que sí puede hacernos muchas cosas.

Después de un buen rato de interminables curvas lograron llegar cerca de la cima, el agente paró a un lado y siguieron el resto del camino a pie para no prevenir a José Ángel.

Cuando llegaron al final del camino se sorprendieron de cómo la casa estaba construida literalmente sobre la roca. No tenía ninguna cerca, únicamente un pequeño muro de piedra de poco más de un metro que saltaron con facilidad.

–Llama a los refuerzos –insistió Priscila, pero Guillermo quería atrapar al asesino, era la única forma de salvar su carrera.

Se acercaron a la casa con sigilo, tenía la mayoría de las persianas de seguridad bajadas, como si fuera un búnker. Dieron la vuelta completa al edificio hasta llegar a lo que parecía un salón de paredes acristaladas que daban al valle. Se asomaron, pero los cristales eran opacos y no se podía ver el interior, aunque desde dentro el dueño de la casa los observaba.

33. LA NOCHE TRÁGICA

Ignacio Etxebarría tenía la sensación de que su suerte se estaba terminando. Había sobrevivido a la guerra sin apenas un rasguño, a las depuraciones del régimen, a las purgas dentro de la policía y a varios ministros, pero no estaba seguro de poder sobrevivir a la ira de Girón ni a las influencias dentro del gabinete de Raimundo Villaverde. Se dirigió a la pensión y le sorprendió ver allí a su viejo camarada Pelayo.

—Buenas tardes, había pensado en invitarte a comer.

—Sería estupendo.

—Conozco un sitio a unos pocos kilómetros de aquí, en un pueblo. La fabada es espectacular y el cachopo te quita el sentido. Es una pequeña casa de campo en una aldeíta.

—Me parece una idea fantástica, seguramente esta sea mi última comida en Asturias en mucho tiempo.

—No hables así, pareces a Cristo anunciando la última cena.

Nacho saludó a Carmen con la mano y notó una expresión extraña en su rostro.

—Espera un momento —dijo a su amigo y se acercó a la dueña de la pensión.

—¿Te encuentras bien?

La mujer afirmó con la cabeza.

—No me gusta ese hombre.

—Somos amigos de milicia, luchamos juntos en la

guerra.

—Ya, Judas también era un apóstol y acuérdate cómo terminó la cosa.

—Lo tendré en cuenta. Mañana regreso a Madrid, mi trabajo aquí ha terminado.

—¿Encontraste a quien buscabas?

—Me temo que sí, aunque en el fondo lo único que en realidad necesitamos encontrar es a nosotros mismos.

Carmen frunció el ceño.

—No me vengas con filosofías. La vida son habas contadas, es mejor no gastar todas al mismo tiempo. Desde el primer día que te vi me pareciste uno de esos tipos románticos e idealistas, pero con las ideas no se come.

—Buen consejo, lo tendré en cuenta.

Nacho regresó con su amigo y este le pasó un brazo por la espalda.

—Veo que ya te has liado con Carmen.

—Hay cosas que no cambian. ¿No crees? —contestó Ignacio.

Los dos amigos se fueron en el coche de Pelayo, no tardaron mucho en llegar a la aldea. La casa se encontraba enfrente de un hórreo, entraron en un salón pequeño con cinco mesas. Únicamente había otros dos comensales.

—Esto los fines de semana se llena, pero es mucho mejor venir un día de diario.

Pidieron la comida y comenzaron a hablar de los viejos tiempos, aunque a Ignacio no dejaba de rondarle por la cabeza lo que le había contado la mujer.

—¿Cómo ves el futuro? La falange no tiene futuro político.

—No lo sé, es verdad que siento que estamos acabados, pero no soy de los que se rinden fácilmente.

—Los más espabilados ya están buscando un cargo de procurador, gobernador civil o presidente de diputación.

—Ya lo sé, Ignacio, pero me cuesta pensar en medrar. Nosotros creíamos en un nuevo amanecer.

Nacho se encogió de hombros.

—¿Y tú, quieres permanecer en la brigada?

—Lo cierto es que estoy un poco cansado, ya no tengo edad ni ganas de perseguir a los enemigos del régimen. A lo mejor me voy a Salamanca y abro una librería, al menos espero que los estudiantes lean, aunque en este país no abre la gente un libro ni con una pistola en la cabeza.

Pelayo se echó a reír.

Después de la suculenta comida, tomaron un café y regresaron al coche.

—Estoy repleto. Me echaba un rato la siesta —dijo Pelayo.

Al final arrancaron y regresaron para Gijón, pero antes de llegar a la ciudad se desviaron.

—¿Dónde me llevas?

—Alguien quiere verte.

—No esperaba esto de ti.

—No seas cínico, sí lo esperabas —contestó Pelayo.

—Para ti la perra gorda.

Nacho no se resistió, vio que se dirigían a la mansión de Raimundo Villaverde. Tenía el presentimiento de que si entraba otra vez en aquella mansión no saldría con vida de allí.

—Para que me bajo.

—¿Te has vuelto loco? Simplemente quiere charlar.

—¿Cuánto tiempo llevas trabajando para el diablo? —preguntó Ignacio.

—¿Para el diablo? Franco y toda su camarilla son el diablo, nos usaron, nos dejamos manipular por nuestro idealismo, pero en el fondo ellos no querían cambiar nada. Es hora de que al menos nosotros saquemos algo.

Ignacio calculó si podía lanzarse con el coche en marcha.

—Para, por favor.

Pelayo intentó sacar un arma y comenzaron a forcejear.

El coche se bamboleó y estuvieron a punto de salirse de la carretera. Pelayo logró sacar el arma y apuntar a su amigo, pero este le retorció el brazo y el arma se disparó. La sien de Pelayo estalló por los aires. El coche se descontroló y comenzó a girar sobre sí mismo, Nacho intentó enderezarlo pero fue imposible y se salieron de la vía. El coche dio dos vueltas de campana y se estrelló contra un árbol.

Ignacio se quedó un rato aturdido, pero logró salir del vehículo antes de que comenzara a arder. Se alejó a rastras y un minuto después estalló.

Mientras observaba el coche en llamas pensó que su vida acababa de irse a la mierda. Le acusarían de asesinato y daría con sus huesos en la cárcel. Lo único que podía hacer era huir a Portugal y desde allí intentar tomar un barco a Argentina.

34. VIRÓLOGO

Priscila se asustó cuando las cristaleras comenzaron a abrirse repentinamente. Guillermo tomó su arma y apuntó hacia la oscuridad. Se miraron el uno al otro y al final el agente se decidió a pasar. Apenas se distinguían los muebles, la única luz que entraba era la de la luna.

—Bienvenidos —escucharon en medio de la oscuridad. José Ángel Martínez estaba sentado en una cómoda butaca.

—No hemos venido para hacer una visita protocolaria —dijo el agente mientras le apuntaba con la pistola.

—Entonces, ¿han venido para detenerme?

—Sí, es mejor que no oponga resistencia.

—¿Qué tienen? Unas suposiciones, varias divagaciones, una amenaza desde un cibercafé en Cangas de Narcea relocalizada por un joven algo desequilibrado. No es mucho, ¿verdad?

—¿Dónde está Eric? —preguntó Priscila.

—¿Eric? Un intruso entró en casa y tuve que abatirlo, iba a llamar a la policía cuando han llegado. Puede que esté detrás de los crímenes de los pobres premiados. En su casa encontrarán agentes patológicos, radiación y drogas sicodélicas. Ya tienen a su culpable.

El hombre apretó un botón y se encendieron todas las luces de la casa. Guillermo y Priscila se quedaron deslumbrados por unos momentos. Lograron entornar los ojos y contemplaron el cuerpo de Eric tendido en el suelo.

Priscila lo examinó brevemente y comprobó que estaba muerto.

–También está el chat –dijo Guillermo.

–Todas las entradas se hacían desde la IP de Eric, el pobre también tendrá que asumir esa culpa. Ya tienen su chivo expiatorio.

Priscila cambió de táctica.

–¿Por qué ha hecho todo esto? ¿Qué quería mostrar al mundo?

–¿Yo?, nada. Pero imagino que Eric quería defender que no siempre los mejores reciben los premios, que en muchas ocasiones los verdaderos genios son ignorados. Toda esa frustración y rabia tenía que sacarla de alguna manera.

–Se siente frustrado en su ego –dijo Guillermo acercándose un poco más.

–¿Intenta provocarme? Una cosa que he aprendido en todos estos años es a dominar la ira. Eso es lo que me enseñó el estoicismo, para ser verdaderamente debemos reenfocar nuestros sentimientos. Sufrí muchas humillaciones de niño, pero ya nada de eso me afecta. Se lo aseguro.

–Su firma era los textos del *Quijote.* ¿Qué quería demostrar?

José Ángel se puso en pie y Guillermo levantó el arma.

–Tranquilo, yo no uso esos aparatitos –comentó señalando la pistola–. Hay máquinas más letales que un arma de fuego.

Después se dirigió a la estantería y extrajo un volumen del *Quijote.*

–*El ingenioso hidalgo don Quijote de la Mancha.* Imagino que desconocen la famosa frase de Antonio Vallejo Nájera, el psiquiatra español que estuvo a cargo de analizar los problemas de la raza española:

La parte del problema racial de España es que hay demasiados Sanchos Panzas (físico redondeado, ventrudo, sensual y arribista), y pocos Don Quijotes (casto, austero, sobrio e idealista), personajes imbuidos en un militarismo, identificando la cultura militar como la máxima expresión de raza superior.

–¿No están de acuerdo? Cada vez se fomenta más la vagancia, la pereza y la sensualidad, mientras se persigue a los verdaderos sabios. Esos triunfitos que han muerto representan la mediocridad. ¿En serio esos son los mejores especímenes del mundo?

–Pero podía haber mostrado su mensaje al mundo sin tanta violencia –dijo Priscila.

–La gente no escucha, está ciega y sorda, embebida en las redes sociales y todas esas gilipolleces. La violencia es lo único que entienden. Todo esto lo digo interpretando la obra de Eric, este pobre lunático.

Guillermo estaba comenzando a impacientarse. Sabía que el hombre tenía razón, todas las pruebas eran meramente circunstanciales.

–Vivimos en una sociedad libre, democrática y en la que se pueden expresar libremente las ideas –dijo Priscila.

–El bueno de Vallejo dijo sobre la democracia que usted tanto ama:

La perversidad de los regímenes democráticos favorecedores del resentimiento promociona a los fracasados sociales con políticas públicas, a diferencia de lo que sucede con los regímenes aristocráticos donde sólo triunfan socialmente los mejores… El imbécil social incluye a esa multitud de seres incultos, torpes, sugestionables, carentes de espontaneidad e iniciativa, que contribuyen a formar parte de la masa gregaria de las gentes anónimas.

Priscila pensó en lo enfermo que estaba aquel hombre, aunque en el fondo sabía que el mal no era ningún patógeno, sí era miedo y la oscuridad en lo más profundo del alma humana.

En ese momento el virólogo sacó de algún lado una mascarilla y se la colocó en la cara. Apretó una aplicación del móvil y un gas comenzó a descender. Cuando Guillermo y Priscila quisieron reaccionar, sus cabezas comenzaron a darles vueltas y a los pocos segundos los dos se derrumbaron en el suelo.

35. COCHE Y NIEBLA

Juan Bueno aceleró el coche, la carretera parecía interminable, pero antes de llegar a la cima de la montaña la niebla se hacía tan espesa que la luz de los faros rebotaba sin lograr penetrarla completamente. Comenzó a asustarse al ver el precipicio a un lado, la caída desde arriba era mortal. Al final intentó aminorar la marcha, pero las ruedas patinaban en el asfalto humedecido y el coche no le respondía. Se le escapó de los labios una oración, algo que no hacía desde hacía semanas, como si el torrente de su fe se hubiera secado por completo.

—¡Dios mío, ayúdame!

Era consciente de que, a pesar de sus errores y pecados, Dios siempre escuchaba a un pecador arrepentido.

Logró recuperar el control y ascender algo más, vio una luz tenue al fondo y paró el vehículo. Era más seguro hacer el resto del viaje a pie. Se bajó y comenzó a caminar, encendió la linterna del móvil y comprobó para su horror que apenas le quedaba batería.

—¡Mierda! —exclamó algo ofuscado.

Llegó hasta otro coche, sin duda era el de Priscila y su acompañante, alumbró el interior pero estaba vacío. Continuó ascendiendo y saltó una tapia. Llegó hasta la casa y la rodeó, entonces escuchó voces, se quedó en la oscuridad, hasta que reconoció la de Priscila, iba a entrar, pero vio que su amiga y el otro hombre se derrumbaban de repente y unas voces se acercaban a su espalda, corrió y se ocultó tras un arbusto.

Un grupo de cinco personas entró con mascarillas en la casa y Juan Bueno los observó desde fuera. Tomó el móvil para llamar a la policía, pero justo en ese momento se apagó. Si bajaba hasta el pueblo, cuando quisiera regresar a la casa sería demasiado tarde.

36. ASTURIAS

Nacho logró llegar hasta Casa Carmen después de encontrar a un campesino que se dirigía a Gijón para llevar unos pedidos. El hombre no le preguntó qué le había pasado a pesar de su deplorable estado. Le dejó enfrente de la pensión y continuó su camino. En cuanto la dueña le vio se lo llevó a su habitación y le quitó toda la ropa, comenzó a curarle las heridas y le dio un poco de aguardiente.

–¿Qué te ha pasado alma de cántaro?

–Un accidente de tráfico con mi amigo.

–Ya te advertí que no era trigo limpio.

–Nos conocíamos desde hace años.

–La gente cambia y mucho más en esta España que estamos. Si yo te contara las transformaciones que he visto.

–Tengo que vestirme y marcharme para Madrid.

–Es casi de noche y las carreteras de Asturias no son muy recomendables cuando se pone el sol. Descansa y mañana Dios dirá.

–Quien me ha hecho esto no se conformará, mandará a alguien más para buscarme y no quiero que te veas involucrada.

–Yo no soy nadie y a veces es mejor así.

El hombre intentó incorporarse, pero no lo logró y al rato se quedó profundamente dormido.

De madrugada Carmen escuchó que alguien llamaba a la puerta y se levantó a abrir. Un hombre vestido con gabardina estaba enfrente de la puerta.

—¿Está Ignacio? Soy su amigo Ramírez.

—Lo siento, se marchó para Madrid esta tarde —contestó la mujer.

—No diga tonterías, su coche se encuentra aparcado enfrente.

Apartó a la mujer y entró en la casa, abrió varias puertas hasta que vio a su viejo camarada tumbado.

—Tenemos que irnos, vienen a por ti.

Ignacio abrió los ojos, pero estaba adormilado y con pocas fuerzas para contestar. El hombre lo puso en pie y le apoyó en su hombro.

—Déjelo. ¿No ve en qué estado se encuentra?

—Esto no es asunto suyo. Lo buscan para matarlo.

La mujer se quitó del pasillo y Ramírez sacó a Nacho y lo llevó hasta su coche.

—¿Dónde me llevas? —logró decir algo más despejado.

—A un lugar seguro.

El resto del trayecto se quedó dormido hasta que el coche se paró. Ramírez le ayudó a salir y lo llevó hasta un edificio, levantó la vista y se dio cuenta de que se encontraba en la Universidad Laboral.

—¿Por qué me has traído aquí?

—Es mejor así.

Le llevó hasta una habitación y le tumbó en la cama. Después Nacho comenzó a escuchar voces lejanas.

—¿Crees que lo sabe?

—No lo sé, pero es mejor no correr riesgos. Lo que estamos haciendo aquí es ilegal. No estoy seguro de que algunos miembros católicos del gabinete lo entendieran, incluida la mujer del caudillo que se mete en todo.

Reconoció la voz del ministro y la del director jesuita.

—Pues es mejor darle el paseíllo, más vale prevenir que curar.

Llamaron al falangista y le ordenaron que se deshiciera de su viejo camarada.

–¿Qué método uso?

–No creo que envíen de Madrid a nadie para buscarlo, pero es mejor que no encuentren el cuerpo. Imaginarán que tras asesinar a Pelayo se dio a la fuga –comentó el jesuita.

Después volvió a dormirse y no se despertó hasta un par de horas más tarde.

37. VALOR Y AL TORO

La suerte no existe, por eso se decidió a actuar encomendándose a todos los santos. Juan Bueno rodeó la casa y vio una pequeña ventana que daba a un aseo, estaba abierta y logró entrar por ella con gran dificultad. Abrió la puerta con el mayor sigilo posible y vio un pasillo largo, caminó por él de puntillas, el suelo era de madera y crujía al menor movimiento, pero al llegar al salón vio que estaba totalmente vacío.

–¿Dónde se han metido?

Estaba examinando toda la planta cuando escuchó un gruñido a su espalda, un rottweiler le miraba enseñándole los dientes.

–Tranquilo perrito.

Decían que los perros podían oler el miedo, pues el suyo apestaba.

–No soy un intruso. ¿Dónde está tu amo?

El perro comenzó a acercarse amenazante. Juan miró a su alrededor y vio una catana en la pared, corrió hacia ella y el animal lo persiguió, justo cuando logró desenvainarla el animal se lanzó sobre él. Juan levantó la espada e hirió al perro en la cara, este se derrumbó en el suelo y comenzó a gemir.

–Lo siento –dijo mientras veía al animal retorciéndose de dolor–, pediré ayuda pronto.

Buscó un teléfono por la casa, pero no había ninguno. Vio un cargador enchufado en la pared y conectó el suyo.

Mientras se cargaba siguió registrando la habitación y vio un libro sobresaliendo de la estantería, le llamó la atención y tuvo una ocurrencia, se acercó y lo metió hacia dentro, entonces una puerta se abrió tras los libros y asomó la cabeza. Una escalera llevaba al sótano. Tomó la catana, se armó de valor y comenzó a descender.

Llegó a un pasillo poco iluminado, solo con una fila de lucecitas en el suelo que le indicaban el camino. Escuchó voces y vio una puerta. No sabía lo que podía encontrarse al otro lado, pero de todas formas se decidió a abrir y enfrentarse a aquellos tipos. Respiró hondo y le pidió a Dios que le diese fuerzas para no acobardarse.

38. DESTINO

Nacho se despertó. Le dolía todo el cuerpo. Logró sentarse, la oscuridad lo invadía todo, estiró los brazos y notó algo duro y fuerte, comenzó a palpar con sus manos, tenía una pared enfrente, su espalda estaba apoyada sobre otra. Intentó incorporarse, pero el hueco no era suficientemente grande. Inspeccionó cada centímetro, por la parte de abajo y de arriba, hasta que tuvo que admitir que le habían emparedado. Sintió un sudor frío que le recorría la espalda. Golpeó la pared para pedir ayuda, pero enseguida notó que le faltaba el aire.

–Dios mío, esos locos me han encerrado aquí –dijo en voz alta como si estuviera intentando asimilar lo que pasaba, aún no se lo creía del todo.

Intentó tranquilizarse, el corazón le latía a mil por hora. Después se sentó de nuevo y buscó en los bolsillos algo con lo que excavar. Los tenía vacíos. Se le ocurrió quitarse el cinturón y con la punta de hierro de la hebilla comenzar a rascar. No sabía cuántas horas llevaba allí, pero el cemento ya estaba seco y sólido. Arañó el cemento duro entre dos ladrillos y sintió que le faltaba el aire. Dos horas más tarde estaba agotado y apenas había conseguido nada. Se dijo que era mejor descansar un poco, cada vez se sentía más somnoliento y se imaginó que era por la falta de oxígeno.

Se puso muy nervioso y comenzó a gritar con todas sus fuerzas, cuanto más lo hacía menos aire le quedaba en el zulo.

—Me estoy muriendo, por Dios.

Los gritos apenas se escucharon al otro lado, pero uno de los chicos encargados de limpiar el suelo de la capilla oyó los golpes y se acercó a la pared. Puso el oído y escuchó algo. Corrió hasta un profesor y se lo comentó.

—Ya estáis imaginando cosas por lo que os han contado los mayores. Los fantasmas no existen.

El chico cogió de nuevo la fregona, se sentía algo decepcionado, pero al rato comenzó a cantar para animarse.

Lo último que escuchó Ignacio fue una canción infantil, la misma que le cantaba de niño su madre. La voz fue acunándole, se imaginó que, de alguna manera, había regresado al vientre de su madre y mientras su mente se apagaba poco a poco, recordó a su amada. La vio aparecer a los lejos con los brazos extendidos para abrazarle, después   todo   fue   luz.

39. UNA IDEA DE ÚLTIMA HORA

Antes de abrir la puerta se fijó en un extintor que había en el suelo, se metió la catana en el cinturón y tomó el extintor, quitó el precinto de seguridad y lo enfocó a la puerta, cuando abrió la puerta de una patada, apretó el aparato y no paró hasta que lo vació por completo. Se escondió a un lado y varios individuos salieron y corrieron escaleras arriba, mientras él entró en la habitación. Priscila y un hombre estaban en el suelo rodeados de espuma. Otro de pie se le quedó mirando.

—¿Quién diablos eres tú?

Juan no dudó, corrió hacia el hombre y le hincó la espada en el costado, el individuo dio un grito de dolor, el obispo sacó el arma y empezó a brotar mucha sangre. Soltó el arma e intentó reanimar a Priscila, la mujer comenzó a recuperar el conocimiento. Le miró y se quedó sorprendida, no recordaba nada de lo sucedido. Despertaron a Guillermo, que tomó el arma, aunque todavía estaba algo mareado, se acercó a José Ángel, le miró un instante, ya no tenía aquella expresión de arrogancia, se estaba desangrando.

—Llamen a una ambulancia, por favor —le rogó el virólogo.

Guillermo se quedó quieto, sentía un profundo desprecio por aquel tipo.

—¿Dónde están los otros?

—Creían que era la policía y han huido —contestó el

hombre.

Juan ayudó a Priscila a caminar hasta las escaleras, comprobó que no había nadie y tomó el teléfono, llamó a emergencias y esperaron los dos sentados. La Guardia Civil y dos ambulancias tardaron poco más de veinte minutos en llegar. Cuando bajaron al sótano el virólogo ya estaba muerto.

Los sanitarios taparon a Guillermo y Priscila con unas mantas térmicas.

—¿Te encuentras bien? —le preguntó Juan.

—¿Cómo nos has encontrado?

—Es una larga historia, pero te prometo que te daré todos los detalles.

Guillermo se giró y le dijo a la mujer.

—¿Dónde se habrán metido esos cabrones?

—Ahora no son peligrosos, José Ángel era su mentor, sin él regresarán a sus vidas anodinas y se dedicarán a difamar a la gente en las redes sociales.

—¿Tú crees?

La mujer afirmó con la cabeza. Se sentía tan agotada, lo único que deseaba era descansar. Apoyó su cabeza en el hombro de Juan y cerró los ojos.

40. EXPERIMENTOS

A la mañana siguiente regresaron a Oviedo, Guillermo se despidió de Priscila a las puertas del hotel Reconquista. Parecía mucho más viejo que unos días antes, como si aquella experiencia le hubiera robado toda su energía.

—Gracias por tu ayuda, al principio pensé que eras una farsante.

—No te preocupes, yo pensé que eras un gilipollas.

Los dos se rieron y el hombre se metió en el coche.

Priscila se abrazó a Juan, era la primera vez que lo hacían en público. Él la estrechó entre sus brazos.

—Quiero ir a ver a mi abuela.

Juan condujo hasta la residencia. En cuanto Librada la vio se levantó para darle un abrazo.

—Hija, si no me mata mi enfermedad, lo harán estos disgustos.

Las lágrimas le recorrían las mejillas.

—Estoy bien, abuela.

—Veo que traes a este gañán. Únicamente hay una cosa peor que te juntes con un obispo, que terminaras con un Borbón como la pobre Leti.

Las dos se echaron a reír.

—¿Conseguiste resolver el caso de los niños y los experimentos en la Universidad Laboral?

La abuela miró a la nieta.

—No, ha pasado una cosa muy extraña. Mi amiga Úrsula ha desaparecido y todos los papeles. Cuando me desperté esta mañana no quedaba nada. Imagino que se ha arrepentido de mover esas cosas del pasado.

–¿Has preguntado en la oficina de la residencia?

–Al parecer dejó una nota de disculpa y renunció a su plaza, con lo que le había costado conseguirla.

–El ser humano nunca dejará de sorprendernos – comentó Juan.

–¿Qué os parece si os hago un desayuno sano? –les preguntó Librada.

–No, lo hago yo, tú siéntate.

Mientras Priscila preparaba todo, Librada y Juan se sentaron para ver el mar por el ventanal.

–Al final los has conseguido, bribón.

El hombre sonrió.

–Pues ¿sabes?, por primera vez mi nieta ha escogido bien.

EPÍLOGO

Úrsula ya estaba muerta cuando aquel hombre tapió la pared de la iglesia, pero no le importó. Después de destruir todos los papeles no la podía dejar con vida. Aquella era una forma tan buena como otra de deshacerse de un cadáver. Mientras se alejaba de la Universidad Laboral sintió cierta nostalgia, aquel había sido su mundo durante la mayor parte de su vida. La familia que nunca tuvo y sus mejores recuerdos se encontraban entre aquellas paredes. Los gritos de los estudiantes, las canciones patrióticas, la alegría de la juventud eran un eco lejano de otros tiempos. Ahora todo era silencio, como en un camposanto. Cuando él muriera, la memoria de aquel lugar desaparecería para siempre.

OTROS LIBROS

LUJURIA. CRÍMENES DEL SUR 1.

En el centro de la ciudad de Málaga, nadie tiene secretos para nadie. ¿O tal vez sí los tengan?

Hay novelas imposibles de dejar una vez que has comenzado, historias que llevan el suspense a su estado máximo y hacen dudar al lector cada vez que termina un capítulo. En este thriller absolutamente original y adictivo, Mario Escobar rompe los límites de la intriga psicológica con un relato que explora las frágiles fronteras entre la verdad y la mentira.

Amanda Romero es una trabajadora social de la ciudad de Málaga que trabaja en los Servicios Sociales. Su exmarido Arturo es policía, ambos se separaron tras la desaparición de su hija pequeña un año antes. Tras regresar de una baja por depresión, Amanda comienza a investigar una serie de presuntos abusos a menores donde parece que la Jet Set de Marbella está detrás. Junto con la ayuda de su hermana gemela Susana, investigará lo que se esconde entre los bajos fondos marbellíes y, al mismo tiempo, descubrirá unas pistas sobre la desaparición de su hija. Corrupción política, sobornos y trata de blancas son tan solo algunos de los asuntos turbios a los que se tendrán que enfrentar nuestras protagonistas, poniendo en peligro sus vidas y las de sus seres queridos.

AMNESIA

AUTOR CON MÁS DE 800.000 EJEMPLARES VENDIDOS

¿Estás listo para recordar?

Descubre la novela de la que todo el mundo hablará este año.

"A veces la memoria nos pone a prueba y no nos atrevemos a recordar quiénes somos".

Internacional Falls, Minnesota, 4 de julio, una mujer es encontrada inconsciente y cubierta de sangre en el Parque Nacional de Voyager. El resto de su familia ha desaparecido y ella no parece recordar nada. El doctor Sullivan, director del centro psiquiátrico de la ciudad, y Sharon Dirckx, ayudante del Sheriff, intentarán que recuerde todo lo sucedido aunque sin saberlo pondrán en juego sus vidas, su idea de la cordura y los llevará hasta dudar de lo que la paciente le está contando. El tiempo corre en su contra y cada minuto cuenta para dar con los tres desaparecidos, antes de que sea demasiado tarde.

Con un estilo ágil e imágenes impactantes, Mario Escobar construye un thriller que explora los límites del ser humano y rompe los esquemas del género de suspense. Amor, odio, venganza, terror, intriga y acción trepidante inundan las páginas de la novela.

EL DILEMA

"A veces la verdad es más difícil de aceptar que la mentira".

Es un mal día para el ladrón Atila Haldor. Tras elegir la casa del juez Alan Hillgonth para dar su próximo asalto, descubrirá que el magistrado oculta un secreto terrible. En el sótano de la casa descubre a una joven encadenada y repleta de magulladuras.

Antes de que pueda reaccionar al terrible descubrimiento, escapará de la casa al escuchar que el juez ha regresado con su familia. Atila, tras el golpe fallido no sabe cómo actuar, si denuncia el caso a la policía puede terminar en la cárcel.

Al final decidirá regresar a la mansión para liberar a la chica, pero es demasiado tarde, la joven ya no está en el sótano. Unas semanas más tarde, la desaparición de una nueva adolescente le lleva a sospechar que se trata del mismo individuo, el juez Alan Hillgonth, un hombre casado y con hijos, al que se le considera uno de los pilares de la comunidad de Nueva Orleans.

¿Podrá demostrar la verdadera naturaleza del juez? ¿Se librará de convertirse en sospechoso de secuestro y asesinato? ¿Su decisión de atrapar al asesino pondrá en peligro a su esposa Patty y sus hijos?

EL INOCENTE

"Todos debemos enfrentarnos alguna vez en la vida con nuestra conciencia".

El premio

Annette y Jeffrey Green son una exitosa pareja de
escritores. Tras varios fracasos sentimentales parecen
haber encontrado la felicidad en su maravillosa casa en
Lancaster, Pensilvania.

Es verano, mientras toman algo de vino al lado de la
piscina recuerdan algunos de sus mejores momentos.
Annette se marcha a dormir, pero lo que Jeffrey no sabe es
que será la última vez que la vea con vida. Tras un
desgraciado accidente, su esposa se cae por las escaleras y
muere desangrada. La comunidad parece apoyar al pobre
viudo, hasta que una carta anónima relaciona la muerte de
su esposa con la de otra mujer, muerta en similares
circunstancias en España en los años ochenta. El fiscal
acusará a Jeffrey de asesinato y todo su turbio pasado se
volverá contra él.

¿Podrá demostrar su inocencia? ¿Logrará que su propia
familia le crea? ¿Dos muertes similares pueden ser
casualidad?

El Círculo

"Tras el éxito de Saga, Misión Verne y The Cloud, Mario Escobar nos sorprende con una aventura apasionante que tiene de fondo la crisis financiera, los oscuros recovecos del poder y la City de Londres"

Argumento de la novela El Círculo:

El famoso psiquiatra Salomón Lewin ha dejado su labor humanitaria en la India para ocupar el puesto de psiquiatra jefe del Centro para Enfermedades Psicológicas de la Ciudad de Londres. Un trabajo monótono pero bien remunerado. Las relaciones con su esposa Margaret tampoco atraviesan su mejor momento y Salomón intenta buscar algún aliciente entre los casos más misteriosos de los internos del centro. Cuando el psiquiatra encuentra la ficha de Maryam Batool, una joven bróker de la City que lleva siete años ingresada, su vida cambiará por completo.

Maryam Batool es una huérfana de origen pakistaní y una de las mujeres más prometedoras de la entidad financiera General Society, pero en el verano del 2007, tras comenzar la crisis financiera, la joven bróker pierde la cabeza e intenta suicidarse. Desde entonces se encuentra bloqueada y únicamente dibuja círculos, pero desconoce su significado.

Una tormenta de nieve se cierne sobre la City mientras dan comienzo las vacaciones de Navidad. Antes de la cena de

Nochebuena, Salomón recibe una llamada urgente del Centro. Debe acudir cuanto antes allí, Maryam ha atacado a un enfermero y parece despertar de su letargo.

Salomón va a la City en mitad de la nieve, pero lo que no espera es que aquella noche será la más difícil de su vida. El psiquiatra no se fía de su paciente, la policía los persigue y su familia parece estar en peligro. La única manera de protegerse y guardar a los suyos es descubrir qué es "El Círculo" y por qué todos parecen querer ver muerta a su paciente. Un final sorprendente y un misterio que no podrás creer.

¿Qué se oculta en la City de Londres? ¿Quién está detrás del mayor centro de negocios del mundo? ¿Cuál es la verdad que esconde "El Círculo"? ¿Logrará Salomón salvar a su familia?

Mario Escobar

Autor Betseller con miles de libros vendidos en todo el mundo. Sus obras han sido traducidas al chino, japonés, inglés, ruso, portugués, danés, francés, italiano, checo, polaco, serbio, entre otros idiomas. Novelista, ensayista y conferenciante. Licenciado en Historia y Diplomado en Estudios Avanzados en la especialidad de Historia Moderna, ha escrito numerosos artículos y libros sobre la Inquisición, la Reforma Protestante y las sectas religiosas.

Publica asiduamente en las revistas Más Allá y National Geographic Historia.

Apasionado por la historia y sus enigmas, ha estudiado en profundidad la Historia de la Iglesia, los distintos grupos sectarios que han luchado en su seno, el descubrimiento y colonización de América; especializándose en la vida de personajes heterodoxos españoles y americanos.